La niña que siempre miraba el sol

Águeda López

La niña que siempre miraba el sol

Primera edición: mayo de 2025

© 2025, Águeda López Benavides
© 2025, Penguin Random House Grupo Editorial, S. A. U.
Travessera de Gràcia, 47-49. 08021 Barcelona

Penguin Random House Grupo Editorial apoya la protección de la propiedad intelectual. La propiedad intelectual estimula la creatividad, defiende la diversidad en el ámbito de las ideas y el conocimiento, promueve la libre expresión y favorece una cultura viva. Gracias por comprar una edición autorizada de este libro y por respetar las leyes de propiedad intelectual al no reproducir ni distribuir ninguna parte de esta obra por ningún medio sin permiso. Al hacerlo está respaldando a los autores y permitiendo que PRHGE continúe publicando libros para todos los lectores. De conformidad con lo dispuesto en el artículo 67.3 del Real Decreto Ley 24/2021, de 2 de noviembre, PRHGE se reserva expresamente los derechos de reproducción y de uso de esta obra y de todos sus elementos mediante medios de lectura mecánica y otros medios adecuados a tal fin. Diríjase a CEDRO (Centro Español de Derechos Reprográficos, http://www.cedro.org) si necesita reproducir algún fragmento de esta obra.
En caso de necesidad, contacte con: seguridadproductos@penguinrandomhouse.com.

Printed in Colombia – Impreso en Colombia

ISBN: 978-84-10257-06-1

*A mis hijos, Mikaela y Rocco,
con todo mi amor.
Tengan siempre la certeza
de que la vida bonita es
de los que creen con fuerza
en la belleza de sus sueños*

Certeza es reconocer que todo lo que sucede en nuestras vidas sucede por una razón, incluso y especialmente si parece algo que no queremos o no entendemos.

Mónica Berg

1
Dónde vas, que tú no puedes

Nunca supo cómo se llamaba aquel taxista colombiano que la recogió en la puerta de la última agencia que visitó en Miami. Alma se subió al coche, bañada en lágrimas y con una maleta llena de ilusiones rotas, y le pidió que la llevara al aeropuerto mientras le contaba —solo porque necesitaba desahogarse— lo corto que había sido su sueño americano. Sentía que había fracasado. Después de escucharla pacientemente y de ofrecerle una cajita de pañuelos de papel, el hombre la miró por el retrovisor y le dijo algo que le cambió la vida y que quedaría grabado en su memoria para siempre:

—Señorita, no me lo tome a mal... Yo sé que usted siente que todo está dicho, pero no se amilane por eso... Mire, también soy de un pueblo pequeño de Colombia, y es que en este país uno se intimida con lo grande que es todo: los negocios, los edificios, las celebridades. Pero no se rinda y siga luchando por su sueño. En la vida, para conseguir lo que queremos, hay que hacer siempre la milla extra —le soltó con mucha amabilidad.

Había dicho que era de un pueblo pequeño, como ella, así que le pareció que la entendía, aunque se hubiesen conocido tan solo hacía unos minutos.

—¿Qué es la «milla extra»?

—A ver…, ¿cómo se lo explico? —Se lo pensó un momento—. Es ese esfuerzo que uno hace cuando siente que ya no puede dar más. Esa última gotica de sudor, ese golpe cuando ya casi estás derrotado, la raspadita de la olla, como decimos nosotros… Mire, mi padre, que en paz descanse, siempre decía: «Nadie merece más que nadie, solo aquel que hace más que los demás».

Aquella última frase sacudió a Alma por dentro. Ella era de las que hacían más, siempre había sido así. Sus palabras le recordaron a sus padres, que siempre la habían acompañado, la habían impulsado hacia delante, habían secundado y animado sus planes…, y si tenían que hacer un poquito más de lo que podían, lo hacían, sin cuestionárselo mucho.

Aún en el taxi, recordó que los había llamado en cuanto salió del aeropuerto, tres días antes.

—Papá, estoy en Miami. He hecho una parada antes de regresar a Madrid.

Tras anunciarles la ruptura de su relación en México, les había dicho que regresaba a Madrid. De nuevo estaría cerca de ellos. Estaban muy ilusionados… Al otro lado del teléfono, su padre se quedó unos segundos en silencio antes de contestar.

—Pero ¿por qué, hija? ¿A quién conoces tú en Miami, mi niña? ¿Dónde te estás quedando?

—Papá, que no pasa nada. Solo son tres días. —Alma no quería darle mucho detalle—. Estoy en un hotel.

Buscaré una agencia para trabajar aquí por temporadas y me voy para Madrid.

—Quédate tranquilo, Mariano. Le va a ir bien, ella siempre ha tenido buena estrella. —Su madre, una vez más, le daba su voto de confianza. ¡Cómo la necesitaba en su vida!

Alma siempre aparentaba tranquilidad cuando hablaba con sus padres y les demostraba mucha fortaleza y capacidad de decisión. No quería preocuparlos por nada del mundo. Sabía que ellos siempre habían tenido la confianza de que hiciera lo que hiciera estaba bien hecho. La admiraban por su valentía y porque parecía tenerlo todo siempre bajo control. Pero la verdad es que esa vez se encontraba a la deriva. Solo tenía un mapita de South Beach con números de teléfono y una lista de direcciones de las agencias de modelos impresa en una carpeta como única brújula.

Se había pasado tres días llamando a sus puertas, una por una, y en todas ellas fue rechazada sin derecho a réplica. Le dieron todas las excusas y razones posibles. Le dijeron que su historial no tenía valor allí. Todo lo que tenía era su formación y su experiencia en los certámenes de Miss Toledo y Miss España, y allí eso era poco más que nada. En su *book* solo llevaba unas fotos que un par de amigos le habían hecho en Cancún, los anuncios impresos que había realizado en Madrid y dos cositas más en las que había participado en México. A eso se reducían sus catorce años de «carrera». No era suficiente.

Después de escuchar al taxista, Alma le pidió que diera la vuelta y la llevara a la última agencia que había visitado esa tarde y en la que ni siquiera habían querido atenderla. Tenía que echarle más valor. Él paró el taxi en el corazón de Miami Beach, justo donde la había recogido veinte minutos antes.

—¿Me puede esperar? —le preguntó al hombre.

—No, señorita. No la voy a esperar. Y no porque no pueda o no quiera, sino porque usted no va a salir de esa oficina sin un contrato hoy. Si yo la espero quiere decir que no lo logrará, pero esto va para largo. Tenga fe y certeza. —Le guiñó un ojo.

Certeza es lo que Alma más había tenido a lo largo de su vida. Certeza de que saldría de su pueblo, que conocería el mundo, que llegaría a ser una modelo con éxito… Certeza de que todo lo que había soñado sería posible si ponía todo su esfuerzo y empeño en ello. Esa certeza y esa fe no le iban a faltar ahora.

Cuando se inclinó hacia delante para pagarle, pudo ver que el hombre llevaba una caja rosa en el asiento que se adivinaba a través de la bolsa de una tienda CVS. Era una Barbie nueva; podría reconocer esa caja donde fuera.

—¿Para quién es? —le preguntó, señalando la caja.

—Es para mi hija. La primera muñeca que le compro con lo que gano acá o, mejor dicho, con lo que me queda después de comprar comida y pagar la renta —le dijo con los ojos vidriosos.

Ella se secó las lágrimas y le sonrió. Sintió que esa Barbie era una señal más de que tenía que seguir y no rendirse. Prácticamente todas las niñas del mundo tenían una, pero para ella esa muñeca significaba algo muy especial. Juntó todo su coraje para bajarse del coche, aunque sabía que seguramente era la última oportunidad para cumplir el sueño que siempre tuvo. Ese sueño que le había proporcionado ganas e ilusión cuando la vida no era de color de rosa. Ese sueño que la había llevado de México a Miami después de su dolorosa ruptura.

Claro que valía la pena un intento más. Valían la pena otro mal rato, otra vergüenza, otro «no eres lo que buscamos». ¡Qué más daba ya! Desde hacía mucho Alma sabía que no lo iba a tener fácil. Estaba a punto de cumplir veintiocho años y había oído en más de una ocasión ya que era un poco mayor para esa profesión en la que «la gloria» casi siempre llega, como muy tarde, antes de los veinticinco.

Subió las escaleras con la maleta en la mano y las piernas temblorosas. Sentía que estaba un poco loca, pero también que aquel taxista tenía razón. Apenas media hora antes había estado en esa misma agencia sin ningún éxito y, aunque su cabeza trataba de convencerla de que se fuese de allí cuanto antes, su cuerpo, quizá guiado por su corazón y por una fuerza inexplicable, seguía avanzando hasta el recibidor.

¿Qué más podía perder, además de su vuelo de regreso a Madrid? Las palabras del taxista le hicieron sentir que se debía ese último empujón. Esa «milla extra» merecía la pena para sí misma, pero también para sus padres, que tanto se habían sacrificado por ella y que nunca dudaron de que su niña se fuera del pueblo para llegar lejos, todo lo lejos que quisiese, y ser quien había soñado ser. También se lo debía a ese puñado de amigos que siempre la animaron a seguir adelante: a Celina, a Ana, a María, incluso a Javier, que de tanto en tanto le escribía desde Toledo para saber cómo le iba. Pero sobre todo se lo debía a aquella pequeña que jugaba con su colección de Barbies y que soñaba con ser modelo y viajar por el mundo de pasarela en pasarela.

Cuando cruzó el umbral de la puerta de la oficina de la agencia por segunda vez en el mismo día, deseó haberle preguntado el nombre y el teléfono al taxista. Así tendría a alguien en Miami a quien contarle si había conseguido o no lo que buscaba. Pero ya no había vuelta atrás. Quizá la vida haría que se encontrasen otra vez algún día.

Nueve años después de estos acontecimientos, durante la semana de la alta costura de París, Alma se montó en un coche para dirigirse hacia su hotel. Mientras atravesaba los Campos Elíseos, no pudo evitar llorar, emocionada. Había desfilado por primera vez en la *haute couture* y había cerrado el desfile en la place Vendôme. Lo que había soñado durante toda su vida... por fin lo había logrado. El conductor, un hombre de cabello muy corto y piel bronceada, la vio llorar por el retrovisor y le ofreció una cajita con pañuelos de papel, y al instante le vino a la memoria el taxista colombiano de Miami que le aconsejó que hiciese la «milla extra» al comienzo de su carrera.

Se preguntó qué habría sido de su vida si, en vez de encontrarse con él, se hubiera subido al taxi de otra persona que no hubiera hablado español. Qué habría sido de ella si no se hubiera topado con aquel hombre que, con esa confianza tan latina, le preguntó por qué lloraba y se permitió aconsejarla sobre sus sueños. Otro conductor la habría dejado en el aeropuerto y habría cogido el vuelo a Madrid. Habría regresado a su hogar, a un lugar seguro..., pero con las manos vacías.

No había olvidado una frase que le dijo. La buscó en internet con el móvil, con la esperanza de que perteneciera a algún autor y estuviera escrita en algún libro. Y la encontró. Para su sorpresa, esas palabras pertenecían a Cervantes, ni más ni menos que al Quijote: «Sancho, nadie merece más que nadie, solo aquel que hace más que los demás».

Entonces entendió que aquel taxista —que le dijo aquellas palabras sabias y que tenía su Barbie en el asiento— había sido su Quijote, quien le dio el valor para pelear su última batalla, pero también la primera, como una inmigrante más. Una que venía de un remoto pueblecito de España, con un nombre que costaba pronunciar, y que no se rindió nunca y continuó, con tesón, dando pasos hacia delante. Siempre con la certeza de que lo conseguiría, a pesar de esas voces que le hacían recordar el *bullying* que sufrió y que aún, de vez en cuando, se empeñaban en regresar para quedarse resonando dentro de ella.

Pero esta vez no, nada iba a robarle ni un ápice de felicidad y orgullo por lo que acababa de hacer. Respiró hondo, con una sonrisa, y se colocó sus AirPods para escuchar su *playlist* favorita mientras pasaba junto al Arco de Triunfo. Empezaron las primeras notas de la canción «Me dijeron de pequeño», de Manuel Carrasco... Alma apoyó la cabeza en la ventana, cerró los ojos y se puso a recordar cómo había comenzado todo.

2
Sueña la margarita

La Navidad siempre fue su festividad favorita. Muchos años después sabría que no en todo el mundo los regalos se reparten el 5 de enero por la noche, como en España. Cuando era niña, ese tiempo hasta recibir lo que les había pedido a los Reyes se le hacía eterno y se iba a la cama analizando si se había portado bien.

Aquella mañana del día 6, la pequeña Alma despertó y corrió a ver qué había a los pies del árbol. *Voilà!* Allí estaba: la Barbie Superstar, perfecta, glamurosa, brillante, envuelta de manera impecable en su caja, que también era preciosa. Definitivamente se había portado muy bien ese año. La sacó con cuidado para que nada se rompiera ni se perdiera. No quería ni despeinarla. Era un instante mágico para ella. La caja, además, contenía un colgante en forma de estrella, y le pidió a su madre que se lo pusiera.

—Es igual a ti, mi niña. Una superestrella —le dijo su padre, feliz de verla tan ilusionada.

Sus ojos brillaron. Eso mismo le dijo cuando vio la muñeca en la tienda del pueblo. Su padre siempre la miraba como si fuese la más linda, la más lista, la más capaz. Siempre fue la niña de sus ojos. Y se lo hacía saber constantemente, a veces con palabras y otras con gestos, como por las tardes, cuando se ponía el sol y, después de una larga jornada trabajando en el campo, le traía girasoles, sus flores favoritas, que cortaba para ella de camino a casa. Su madre la ayudaba a colocarlas en un florero en el recibidor, y allí las admiraba cada día hasta que se marchitaban.

Quizá fuera afortunada por ser la única niña de Ángeles y Mariano, unos padres un poco mayores. Alma nació por accidente; su madre la tuvo con cuarenta años, cuando creía que a su edad ya no se quedaría embarazada. Su padre rondaba los cuarenta y cinco cuando ella llegó a sus vidas. ¿Fue una consentida? Un poco, dentro de lo que se podían permitir. Llevaban una vida modesta como agricultores. Esos regalos eran un lujo que se daban un par de veces al año.

Ángeles y Mariano nunca habían recibido regalos de pequeños y puede que tampoco tanto cariño. Sus vidas, sin duda, habían sido muy diferentes de la que querían brindarle a su hija. Los dos nacieron en una época difícil para el país, en plena posguerra, y trabajaron en el campo desde temprana edad. Mariano era de ahí, de Hornachuelos, de toda la vida. Siempre tuvo fama de travieso, pero también de buscavidas y trabajador. Tenía siete hermanos, pero la mayoría se habían ido a vivir a otros pueblos, lejos de allí. Era el típico hombre de campo robusto y tosco y sacó a su familia adelante como pudo. Ángeles nació en Sevilla. Su padre falleció pronto y su madre, sola y con cinco hijos, se fue mudando de un lado a otro hasta que recaló en Hornachuelos. Por las carencias de la época, perdió a su único hermano varón. A los trece o catorce años Ángeles se fue a trabajar a Barcelona con sus otras tres hermanas. Se llevaron a su madre con ellas. Sin embargo, mientras su madre y sus hermanas hicieron una vida en la Ciudad Condal, Ángeles, enamorada ya de Mariano, se empeñó en regresar sola a Hornachuelos. Así que ninguno de los dos tenía a su familia cerca y Alma lo era todo para ellos.

Con mucho esfuerzo, Mariano y Ángeles le dieron a su hija lo que ellos no habían podido tener. Regalos de vez en cuando, sí, pero sobre todo mucho amor, educación y estudios para que disfrutara de más oportunidades en la vida de las que ellos tuvieron.

Alma estaba tan ilusionada con su muñeca que hasta le había reservado un espacio privilegiado en la estantería de su cuarto, que había limpiado un día antes. Estaría escoltada por dos más antiguas, un bebé que le habían traído los Reyes el año anterior, una maleta en la que guardaba trajes de Barbie y un juego de maquillaje para niñas. No tenía muchos juguetes, pero los cuidaba mucho, así que no faltaba ni una sola pieza y todo estaba bien guardado, limpio y en su cajita.

Ese día, como cada año, todos los amiguitos del barrio se juntaron frente a su casa. Cada uno llevaba su regalo de Reyes para jugar todos juntos, intercambiárselos y a la vez presumir de ellos. Alma iba radiante y supercontenta con su Barbie nueva. ¡Hasta se había vestido y peinado casi igual que ella! La quería desde que la había visto por primera vez en televisión y se sentía tremendamente afortunada de que los Reyes se la hubieran traído. Ninguna otra niña en Hornachuelos tenía una igual. Era feliz y no sentía que le faltase nada.

Allí, en la roca inmensa donde siempre se reunían, estaban jugando otras niñas del pueblo. Alma se juntaba con ellas en días como aquel, aunque su mejor amiga, Inés, vivía en otro pueblo. Una de ellas se llamaba Martirio y tenía diez años, dos años más que ella. Iba al mismo curso que Alma porque estaba repitiendo. Era muy brusca y gritaba mucho al hablar. Aquel día estaba con dos niñas más de su edad. Martirio se le acercó y le pidió ver la muñeca. A Alma le extrañó, pues nunca antes la había pedido que jugasen juntas.

Martirio le dio, a cambio, el Nenuco que acababa de recibir esa mañana, ya algo sucio y con la ropa a medio quitar. Alma quiso arreglarlo, porque eso era lo que más le gustaba hacer con sus muñecas: mantenerlas siempre como recién salidas de la caja.

—Es la Barbie Superstar. Quiere decir «superestrella». Trae un colgante, ¡mira! —Alma, emocionada, le mostró la estrella de plástico que colgaba de su cuello.

—Oh, ¡guau! —dijo Martirio con un tono de burla, pero Alma no lo notó, ella seguía enseñándole todo entusiasmada.

—Las estrellas del vestido brillan en la oscuridad —le explicó nerviosa y exaltada, porque le encantaba su regalo—, pero no se pueden mojar porque se borran.

—¿En serio? Vamos a ver si es verdad —le contestó la niña, con malicia.

Martirio salió corriendo con la muñeca en la mano. Alma fue tras ella, asustada, sin saber qué estaba pasando. Las otras dos muchachas también corrieron detrás. Martirio dio varias vueltas a la roca; había cogido la muñeca por una pierna, los rizos dorados se iban despeinando con el aire y el vestido precioso de estrellas al revés estaba ya hecho un desastre. Martirio se paró al borde de la calle, sobre un charco que había junto a la vía, y alzó los brazos para tirar la muñeca. Marina, otra de las niñas, le hizo señas para que se la lanzara a ella. Así lo hizo. Alma, que era más pequeña, quedó en medio, intentando desesperada coger su muñeca mientras jugaban con ella como si fuese una pelota.

—Martirio, ¡devuélvemela! ¡No me gusta este juego! —le gritó Alma, al borde de las lágrimas.

—Oye, niña, que nos estamos divirtiendo mucho con tu Barbie Superestrella. —Se rio, burlona, y la lanzó de nuevo, esta vez a Manuela, la otra niña.

Las tres se reían y gritaban mientras se tiraban la Barbie unas a otras. Alma estaba muy asustada. Y entonces sucedió lo peor. Martirio no cogió la muñeca en uno de los lanzamientos —la verdad es que le pareció que lo había hecho a propósito— y la dejó caer en el charco bajo sus pies.

—¡Nooo! —Un grito salió de la boca de Alma mientras se apresuraba a sacarla del barro.

—Uy, se ha caído y se ha ensuciado un poquito la superestrella. Lo normal. Todas las niñas se ensucian, ¿o no? —dijo Martirio con una risita.

—No, Alma no se ensucia nunca —se burló Manuela. Marina se rio muy alto.

—¿Qué te apuestas a que sí se mancha? —Y una vez pronunció estas palabras, Martirio pisó fuerte en el charco, salpicó a Alma y le manchó la cara y el vestido.

La pequeña miró a su alrededor. Todos los niños, unos metros más allá, vieron lo que había ocurrido, pero ninguno hizo ni dijo nada. Algunos solo se rieron y miraron para otro lado. Dos lágrimas se deslizaron por sus mejillas sucias. Las tres niñas se fueron y se unieron de nuevo al grupo de la roca. La dejaron sola mientras trataba de salvar a su muñeca, tirada en el charco y hasta arriba de barro. Alma se acercó a una fuente y lavó la Barbie como pudo mientras los lagrimones le corrían por la cara. Sintió impotencia ante su juguete nuevo tan sucio sin haberlo podido disfrutar siquiera.

Volvió a casa enseguida, mucho más temprano de lo que estaba acostumbrada en un día de Reyes, pues siempre solía quedarse hasta tarde jugando.

—¿Qué te ha pasado? —le preguntó su madre al verla entrar.

—Nada. Me he resbalado —dijo ella, con la mirada esquiva.

Se dio un baño largo, le pidió a Ángeles que la acostara temprano y, antes de dormir, puso la Barbie nueva en el estante que había reservado para ella. Comprobó, con mucha pena, que las estrellas no brillaban ya en la oscuridad, se habían estropeado por el agua y el barro. Por más que la peinó con cuidado para que se pareciera a la foto de la caja, no recuperó ni el brillo del pelo ni la forma perfecta del vestido. Alma se sentía igual, maltrecha, como si la hubiesen zarandeado de un lado a otro y luego la hubiesen tirado al charco en esa tarde tan triste.

Lloró hasta quedarse dormida. No entendía por qué le habían hecho eso. Ella nunca se metía con nadie. Nunca se había peleado con ningún compañero ni había ofendido a otros niños. Tampoco se habían metido con ella de esa manera. No le había hecho nunca nada a Martirio ni a ninguna de sus amigas. Era muy tímida y muy callada, siempre había sido una niña… ¿buena? Ahora le entraban ciertas dudas al respecto. Si no, no entendía cómo se le habían podido torcer así las cosas. Había sido el mejor pero al mismo tiempo el peor día de Reyes de su vida.

Cuando abrió los ojos, recordó lo ocurrido y deseó que todo hubiese sido un mal sueño. Se dio ánimos y quiso dejarlo atrás lo antes posible. Le tocaba volver a clase. Tras el desayuno, Alma salió de casa; tenía que andar veinticinco minutos hasta la escuela, al otro lado del pueblo. Hornachuelos era muy pequeño, pero estaba rodeado de montañas, campos de naranjos y olivos preciosos, y se respiraba aire puro. A Alma le gustaba ese camino. Su madre la despedía cada mañana en la puerta. Ese día no fue diferente. Iba con el optimismo del primer día de clase del año. Se había puesto unos vaqueros, un suéter de lana a rayas y un lazo rojo en el pelo. Como siempre, impecable.

A mitad de camino encontró a Martirio, que estaba apoyada en un coche mascando chicle; parecía que la estuviera esperando para seguirla hasta el colegio. Pensó que tal vez quería pedirle perdón durante el trayecto hasta la escuela. Se habían cruzado algunas veces antes del episodio de Reyes, se saludaban y nada más. Casi nunca estaba sola, siempre iba con sus amigas, las que la habían molestado también. Alma la analizó un poco: había crecido respecto el año pasado. Ya tenía pecho y parecía una adolescente.

—Eh, ¿qué pasa, *superstar*? Muy guay tu moño —la saludó con un codazo y una risita.

Alma solo dijo «hola» y aceleró el paso.

—¿Brillaron mucho las estrellas anoche? —preguntó. Silencio.

—¿Te has quedado muda, estrellita? —insistió.

Alma se detuvo y se dio la vuelta para mirarla. Durante unos segundos, no le quitó la vista de encima; se dio cuenta de que no tenía intención de pedirle perdón, así que siguió caminando. No paró hasta llegar a la escuela. Quería evitarla a toda costa, aunque sabía que la vería en clase, pero al menos allí no estaría sola.

Al entrar al patio vio a Inés, su mejor amiga, y fue un alivio para ella. Se saludaron con alegría y cariño. Y entonces, durante la conversación, salió un tema del que no deseaba saber nada.

—¡Tienes que venir a casa pronto a jugar con mi nuevo poni! ¿Qué te han traído los Reyes? —le preguntó Inés entusiasmada—. ¿Te han traído la Barbie Superstar que tanto querías?

—Sí..., pero no es tan especial como yo creía —mintió.

—¿No brillan las estrellas del vestido como dice el anuncio de la tele? —Su amiga estaba sorprendida.

—No, no brillan tanto —le contestó encogiéndose de hombros.

—Pues ¡qué mentirosos los de la tele! —respondió Inés, decepcionada.

En ese momento la campana de la escuela sonó, cosa que la salvó de tener que dar más detalles sobre el asunto. Cuando llegaron a la clase, vio que Martirio —que siempre se había sentado atrás del todo— se ponía al lado de Inés, justo a dos pupitres del suyo. Nunca se había colocado tan cerca de ella. Alma supo entonces que la pesadilla acababa de empezar.

Más tarde, en clase de Matemáticas, la maestra pidió un voluntario para resolver un problema en la pizarra. Alma levantó la mano la primera.

—Claro, la superestrella del pueblo, ¡tan inteligente! —le oyó decir a Martirio casi en un susurro cuando se levantó.

Mientras escribía en el encerado, recordó el episodio del día anterior y se sintió molesta. Aun así, terminó la operación y se giró hacia la maestra para comprobar si todo estaba correcto.

—Eso está muy bien —la felicitó la seño.

Pero esta vez Alma ni sonrió ni asintió, como siempre hacía. Martirio estaba diciéndole algo al oído a Inés, y su amiga, aunque un poco incómoda, trató de ocultar una risita. Caminó hasta su pupitre y se sentó de nuevo.

Cuando terminaron las clases, salió con ella y no pudo reprimir una pregunta:

—¿Qué te ha dicho Martirio, Inés?

—¿Martirio? ¿Cuándo? —le contestó, como si nada hubiese pasado.

—Cuando estaba en la pizarra, en Matemáticas.

—Pues no me acuerdo, pero seguro que era una tontería —respondió la niña mientras se acercaban a la puerta de la escuela.

—Pero ¿os estabais riendo... de mí? —Alma estaba herida.

—¡Claro que no! Es que..., eh..., ella..., eh, no sé, creo que quiere que seamos sus amigas. —De pronto, cambió de tema—. Mira, es mi madre. Ha venido a buscarme... Nos vemos mañana, ¡me tengo que ir!

Como Inés vivía en otro pueblo, su madre la esperaba en el coche y no podían hablar mucho antes de despedirse. Inés la dejó allí, con la duda.

Aquella tarde, Alma volvió a casa por el camino más largo, bordeando el pueblo. Iba pensando en Martirio.

No entendía por qué había empezado a acercarse a ella de esa manera, si antes apenas se conocían. ¿Sería verdad lo que le había dicho Inés, que quería ser su amiga? ¿Sería que pensaba que con esas bromas pesadas se podía empezar una amistad? No comprendía nada.

Tardó casi una hora en vez de los veinticinco minutos habituales. Estaba muy cansada. Además, hacía unos cinco o seis grados bajo cero. Pero prefirió pasar frío a encontrarse con Martirio.

Primero fue el camino de ida y vuelta entre su casa y la escuela lo que cambió para ella. Tenía que levantarse un poco más temprano para arreglarse y llegar a tiempo, ya que eran veinte minutos más de trayecto, ya los había cronometrado. A veces el viento helado de la sierra le cortaba la cara. Por las tardes, era el sol de Andalucía el que la fatigaba mientras subía y bajaba por las calles del pueblo. Pero tenía miedo, y valía la pena no arriesgarse. No le apetecía encontrarse con Martirio o con alguna de sus amigas, que también la molestaban. Ella iba así más tranquila y el paisaje, además, era más bonito.

Luego vino el cambio de pupitre. Intentaba entrar la última para escoger un asiento lejos de Martirio, que ahora, todos los días, se sentaba al lado de Inés. Ya casi no podía hablar con su mejor amiga entre clases, aunque tampoco sabía ya si seguían siendo amigas. Desde el episodio de la pizarra se habían distanciado.

Después pasó lo de los baños. Un día Manuela y Marina parecían estar esperándola en el área de los lavabos.

—Que nos ha dicho Martirio que también eres muy lista en mates, superestrella —le dijo Manuela.

«¡Pfff! Y dale con lo de superestrella», pensó Alma, poniendo los ojos en blanco. No les contestó y se disponía a lavarse las manos, pero no la dejaron.

—Hemos pensado que quizá nos puedes resolver este problemita. Mira. —Marina le extendió un cuaderno cuadriculado.

En la hoja frente a ella habían dibujado lo que parecía una muñeca (¿o una niña?) tirada en un charco, con una herida en el rostro que sangraba y estrellas flotando alrededor de la cabeza, como las que salen en los dibujos animados cuando un personaje se da un golpe. También tenía unas pocas estrellas mal hechas en el vestido. Era un dibujo feo y agresivo.

—A ver, si esta tonta tenía cien estrellas y noventa y nueve se le caen y se le pierden en el barro, ¿cuántas le quedan? —preguntó Manuela.

—¿Sigue siendo una superestrella o ahora es una estrellada? —siguió Marina, y ambas se rieron.

Alma las miró con los ojos temblorosos, apartó el cuaderno de un manotazo y salió de allí, rabiosa. ¿Por qué la estaban siguiendo y haciéndole todas esas preguntas? ¿Por qué le habían enseñado ese dibujo? ¿Qué había hecho ella para que la trataran así?

Tras ese episodio, se aguantaba las ganas de hacer pipí hasta media mañana e iba al baño solo si veía que entraba alguna maestra que pudiera protegerla. No se tomaba el colacao ni el zumo del desayuno para evitar ir al servicio. Pero a veces no paraba de mover las piernas, controlándose lo que podía, y en más de una ocasión la maestra le llamó la atención, como ocurrió un día cualquiera en los que la pesadilla no terminaba nunca.

—Alma, ¿pasa algo? Para de mover las piernas ya, niña, que estás distrayendo a toda la clase.
—No, seño. No pasa nada —le respondió apurada.
Varios niños se rieron bajito, también Martirio. No, definitivamente no quería ser su amiga. Todo estaba saliendo mal para ella, ella solo deseaba ir al colegio, estudiar y jugar con su mejor amiga. Quería ser invisible y pasar desapercibida, que ni Martirio ni nadie notaran su presencia, porque no le apetecía que tuviera nada que decir ni que tuviesen motivos para reírse de ella.

Quizá solo fuera cosa de unos días. A lo mejor esas niñas no eran unas matonas, sino que querían la Barbie y, como en la juguetería del pueblo solo había habido una, estaban dolidas porque los Reyes la habían conseguido para ella y ellas se habían quedado sin la suya. Estaba segura de que era eso. Ya se olvidarían, solo tenía que tener paciencia, la dejarían en paz y ella podría regresar a la normalidad: atravesar el pueblo por la plaza para llegar a la escuela más rápido, ir al baño tranquila cuando lo necesitara y sentarse en clase sin problemas junto a su mejor amiga.

Aquella tarde, Alma estuvo mucho rato jugando con sus muñecas. Cuando ya iban a dormir, su mamá la ayudó a colocar los juguetes.
—Te he visto un poco tristona últimamente, ¿te pasa algo? —le preguntó Ángeles al ratito, mientras le cepillaba el pelo.
—No, nada, mamá —le dijo ella con voz suave. Se le hizo un nudo en la garganta, pero lo disimuló rápido.

En la cama se quedó pensando si debía contarle todo lo que le estaba pasando. No sabía muy bien para qué. Eran cosas de niñas, ¿no? Su madre seguramente estaba liada con sus cosas de adultos: atender a su padre, la comida, la casa, el trabajo del campo... Ella salía de casa poco después de que Alma se fuese a la escuela y se pasaba más de medio día recogiendo naranjas; era un trabajo duro. Ningún adulto querría llegar de recoger frutas durante horas y tener que escuchar problemas tontos de niñas. Bastantes preocupaciones tenía ya. Pensó que se armaría de valor a la mañana siguiente y se lo diría, pero esperaba que no se preocupase mucho. Tal vez su madre había pasado por lo mismo cuando era chica. «Ya pasará, hija», le diría seguramente.

Le bastaba con que le cepillara el pelo cada noche y le hiciera su trenza para dormir. Eso le relajaba hasta olvidar lo que ocurría en la escuela, como por arte de magia. Las manos de su madre olían a naranja, y eso la calmaba. Podía reconocer su olor a un kilómetro de distancia. Su presencia en la cama de al lado la hacía sentir segura y querida, no hacía falta que le dijese nada. Sus padres no dormían juntos, pero no se atrevía a preguntarles por qué. Quizá nunca lo habían hecho. Se planteaba si todos los padres dormían juntos o solo algunos.

Ángeles era una mujer serena, muy comedida y sabía escuchar. Nunca había sido de conversaciones largas. A veces iban a tomar el café de las tardes unas vecinas del pueblo, Jacinta, Paqui y Rosario. Esas señoras hablaban mucho y le contaban las noticias —pero sobre todo los chismes— del lugar. Su madre asentía, sonreía a ratos y opinaba brevemente.

Alma se pasaba por la cocina solo a saludar y luego volvía a su cuarto a jugar; no le gustaba quedarse mucho rato con ellas. Una vez Paqui le pidió que se acercara a la mesa para darle una caracola con crema de las que había traído.

—A ver, niña, date una vueltecita —le dijo la señora. Ella obedeció, incómoda—. ¡Qué flaca estás, cariño!

—¡Ángeles, a ver si le dais un buen cocido a esta niña! —dijo otra.

Todas soltaron una sonora risa.

—Que se te va a enfermar si no come. ¡Mira esas piernitas de fideo! —soltó Rosario—. ¡Parece un espagueti con ropa!

—Oye, que yo también era delgada cuando era chica, Jacinta —respondió tranquilamente su madre.

—Ya, yo también, pero es que veníamos de la posguerra, mujer. No es que nos gustara estar así, es que no había comida —concluyó Paqui, divertida.

Las otras dos asintieron con una risa que les salió algo amarga. Alma miró sus piernas. Quizá sí eran delgadas, pero hasta entonces le habían servido para caminar y correr sin problemas cuando quería. Dio las gracias por el dulce y se fue a su cuarto, no sin antes escuchar a una de las mujeres decir:

—Es que así, sin nada de chicha, parece que está enferma. Se parece a esas modelos esqueléticas de las pasarelas, flaquísimas, como la Claudia, la alemana esa, la que está en los puestos de revistas en Córdoba…

La conversación de las señoras se fue perdiendo a lo lejos. Al entrar a su habitación, se miró al espejo y por primera vez se midió juntando los dedos alrededor de la cintura y las piernas. No se sentía un fideo. Tal vez era más delgada que las demás niñas, un poco más alta que las de su edad, pero nada de eso era por su culpa. Su padre era alto. Ella comía bien, se terminaba las lentejas y las patatas revueltas con huevo cada día, con gusto. No entendía por qué hablaban sobre eso. Las amigas de su madre ni siquiera la veían comer.

«Modelo». ¿Ella podría ser modelo? Rosario lo había dicho. No lo había pensado nunca, pero de pronto le entró curiosidad. ¿Quién era la Claudia esa, la alemana, la que mencionaron las señoras? En un pueblo tan pequeño de Andalucía era difícil imaginarse desfilando sobre una pasarela, pero para jugar e imaginar no existía un pueblo pequeño. Así que durante las siguientes horas, Alma, de ocho años, sola en la habitación y con la música de la radio de fondo, armó una pasarela con unas cuantas cajas de zapatos y organizó su primer desfile de moda de muñecas mientras sonaba la canción en boga de entonces, «Lambada».

Pasaron los meses y la situación de las matonas no cambió mucho para Alma. Lo de «matonas» le parecía un poco fuerte, así que las había rebautizado durante su camino matutino. Les puso un nombre que solo ella conocía: las Emes. Durante el trayecto, ella sola pensaba, imaginaba y resolvía un poco todo lo que se le ocurría.

Se acostumbró a la caminata diaria de casi una hora para ir y venir de la escuela y sus piernas «de fideo» podían con eso y más. Ya sabía cuáles eran los horarios en los que las maestras solían ir al baño y procuraba coincidir con ellas. Su vejiga se había habituado también a esas horas.

De vez en cuando, las Emes pasaban por su lado en los pasillos y le decían palabras que la molestaban, como «estrellita», «tontorrona», «sabelotodo», «empollona», «doña perfecta» y otras similares. Trataba de vivir con eso e ignorarlo, aunque era difícil. Albergaba la esperanza de que ya se les pasaría.

Inés y ella siguieron compartiendo algunos momentos, aunque ya no era como antes. En clase no se sentaban juntas porque Martirio siempre estaba en medio. En los recreos, las Emes se reunían en una esquina del patio. Martirio, Marina y Manuela la miraban, comentaban entre sí y se reían, planeando alguna maldad. Alma no se atrevía a pasar cerca de ellas, pero siempre se las arreglaban para meterse con ella de una forma nueva y distinta.

Pronto Inés se dio cuenta de cómo actuaban. Ocurrió una mañana. Martirio se acercó a saludarla en el patio —sospechosamente—, pero Alma no se apartó porque cerca de ellas estaba una maestra. Siempre procuraba que hubiese algún adulto al que acudir, quizá pensando que las Emes no se atreverían a molestarla. Pero esta vez fue diferente.

—Qué bonito tienes el pelo. —Y entonces le pasó la mano por la cabeza.

—Gracias —le contestó Alma.

Y Martirio se fue de allí. Le pareció extraño que solo le comentase eso y se fuera sin más. Inés y ella siguieron conversando y jugando, tranquilas.

—¡Qué asco! —gritó Inés unos segundos después.

—¿Qué? ¿Qué es? —Alma se pasó la mano por la cabeza.

Un denso escupitajo se le deslizaba ya por la sien. Alma salió corriendo al baño. Mientras se lavaba, no paró de llorar con desesperación y asco. El resto de la mañana estuvo sin poder concentrarse en clase, sentía mucha vergüenza y solo quería irse a su casa para lavarse el pelo.

Martirio, haciendo gala de su nombre, realmente se había convertido en un verdadero martirio para ella. Se preguntó si sus padres la habrían bautizado así adrede o si ella habría decidido convertirse en una persona tan desagradable para hacer honor a su nombre.

Decidió que se lo iba a contar a su madre. Se habían pasado de la raya. Además, Inés por fin había visto con sus propios ojos lo que eran capaces de hacer las Emes y se pondría de su parte. O eso creía. Así que se armó de valor y esperó hasta la cena. Antes de entrar en la cocina, escuchó unos gritos. Su padre ya había llegado y estaba allí, muy serio, hablando un poco fuerte a su madre, que tampoco parecía contenta.

—Pero, Ángeles, que son chismes del pueblo, ¡ya te lo he dicho! —Y golpeó fuerte la mesa de la cocina.

—Pues cuando el río suena es porque agua lleva, Mariano. Ya no quiero pasar más bochornos por tu culpa, hasta me da vergüenza ir a misa los domingos con la niña. Somos el hazmerreír de todo el pueblo —le contestó ella, casi a gritos.

Aunque nunca había visto a su madre llorar, le pareció que estaba a punto de hacerlo. Alma no se podía creer que los adultos también lloraran, nunca había visto llorar a uno. Bueno, sí, a las protagonistas de las telenovelas que a veces veía de reojo en la única televisión que había en casa. Su madre siempre la encendía cuando empezaba a planchar y doblar la ropa por las tardes. Esas mujeres de las telenovelas siempre lloraban cuando las abandonaba el hombre del que estaban enamoradas. ¿A lo mejor su padre iba a abandonar a su madre? Solo imaginarse esa posibilidad le daba mucha tristeza. Era lo último que necesitaba en ese momento.

Pensándolo bien, nunca los había visto cariñosos el uno con el otro. No se daban besos ni se abrazaban como en las telenovelas ni como le contaban Inés y otras niñas que hacían sus padres. Su madre, desde que tenía recuerdos, compartía la habitación con ella «para que no le diera miedo dormir por la noche». Y era raro, porque hasta ese año el único miedo que Alma había sentido era el de encontrarse sola con Martirio a plena luz del día, justo donde la compañía de su madre no podía protegerla.

A su padre lo quería mucho, sentían el mismo amor por los olivos, la música flamenca, los paseos a pie por el campo en Hornachuelos y las tardes de Navidad frente a la tele viendo los anuncios de las burbujas de Freixenet, su anuncio favorito de todo el año. El último, el de las Navidades de 1989, lo había protagonizado el actor Paul Newman, que hablaba un español muy gracioso y al que Mariano admiraba desde que vio alguna de sus películas en la primera cadena. Su padre la hacía sentir importante, una superestrella, como las de la tele. La trataba como una princesa. No quería que se fuera a ninguna parte. Pero ¿por qué eran el hazmerreír del pueblo? ¿Sería por eso por lo que Martirio y las demás la atacaban? ¿Se reían de lo que su padre, su madre y la gente del pueblo sabían... pero ella no?

—Mi niña, ¿llevas mucho rato ahí? —preguntó su madre cambiando el tono cuando se dio cuenta de su presencia en la puerta.

—No, mamá, no..., solo venía a..., ¡a beber un poco de agua! —le respondió, un poco avergonzada.

Sus padres se separaron en ese momento y se hizo un silencio tenso e incómodo. Alma cogió un vaso de agua y regresó a su cuarto, sin haberle contado nada de lo ocurrido en el colegio a su madre. Además, en ese momento, tenía más preguntas que respuestas sobre su familia.

Un par de días más tarde, cuando llegó a casa, encontró en la mesa un papel que decía: «Clases de danza para niñas. Ayuntamiento de Córdoba», y una foto de una niña como ella bailando ballet. Se lo había dejado su padre. La niña de la foto era rubia y flaquita. A decir verdad, se parecía un poco a ella. Era espigada y tenía las piernas muy delgadas, cubiertas por un leotardo de color rosa pálido, y llevaba el pelo impecable peinado hacia atrás en un moño. Tal vez podría ir a esas clases y ver qué tal le iba. De hecho, por la noche hablaron de eso.

—Mi niña, ¿te gustaría ir? —le preguntó su padre—. Las clases son en Córdoba capital.

—Pues... yo creo que sí, papá —respondió ella, que solo quería alejarse del pueblo de vez en cuando.

—Te va a hacer bien. A lo mejor te conviertes en una bailarina famosa.

—A lo mejor —contestó.

Aunque ella ya tenía en la cabeza la idea de ser modelo. Alma era una niña muy tímida. Nunca hablaba si había mucha gente delante y se escondía detrás de la falda de su madre en cualquier evento público. Bailar con más gente y con público sería todo un reto..., y la idea de ser modelo era una locura, pero cada vez le gustaba más esa opción. Al menos solo tendría que caminar para enseñar ropa bonita. Pero ¿qué ropa podría mostrar realmente en el pueblo más remoto de Andalucía? ¿La de la tienda de doña Pili, la de la esquina de la plaza? ¿O la ropa del mercadillo que ponían los jueves?

Esa misma semana, su padre se presentó una tarde, lleno de tierra y visiblemente cansado, para recogerla en el colegio. Le dio un bocadillo, que ella se comió de camino a su primera clase de ballet. Mientras conducía por la carretera, Alma lo observaba y pensaba en la pelea que había escuchado de sus padres. Aquel hombre grande, un poco tosco y de manos gruesas que cuidaba una finca de caballos y venados y al que le gustaba criar cabras y gallinas era un personaje fascinante para ella.

Sus modales eran rudos y cojeaba por un accidente de trabajo, pero a ella la trataba con tanta ternura y compartían momentos tan especiales que no podía pensar nada malo de él. A su padre le gustaba cantar y bailar, estaba siempre alegre y tenía mucha facilidad para hacer amigos. Le encantaba comer y probarlo todo, y que Alma lo probara con él. Con tan solo beber un vino, salía a bailar y a dar palmas en cualquier reunión. Su madre, en cambio, era una mujer de voz dulce, que hablaba bajito, discreta, elegante, enemiga de los excesos, del alboroto y del ridículo. ¡Eran tan diferentes!

La maestra de ballet era una mujer muy alta y refinada que iba enfundada en una malla negra y que le decía a Alma cómo colocarse y hacer movimientos que al principio le parecieron muy difíciles. Las niñas en su clase eran un poco mayores que ella y no conocía a ninguna. Y eso, en aquel momento, fue todo un alivio.

A partir de ese día, el trayecto de Hornachuelos a Córdoba tres veces a la semana le hacía olvidarse de las Emes, de la discusión que había presenciado entre sus padres y hasta del miedo de que su padre se fuera de casa.

Con la cara al viento y con la ventanilla del coche bajada, sonaban las sevillanas en la radio y su padre coreaba y golpeaba el volante al ritmo de «Sueña la margarita», de Amigos de Ginés. Con el olor a azahar de los naranjales invadiendo su olfato y mirando los atardeceres de un amarillo intenso que se mezclaban con el de los girasoles que se perdían en el horizonte, Alma volvía a ser feliz tras unos meses de profunda desolación. Ella, como la margarita de la canción, también soñaba con otra realidad distinta a la que le estaba tocando vivir.

3
Es tan bonito esto de soñar

Alma miró su reflejo en la vitrina de la tienda por la que siempre pasaba antes de entrar a clase de ballet. Las piernas largas, antes muy delgadas, ahora estaban un poco más proporcionadas y bien definidas gracias al baile. Tenía el pelo largo, rubio y lacio hasta la cintura, las facciones finas y su complexión muy delgada. Se miró de lado y luego de frente. Había días en los que se sentía rara. Notaba que su cuerpo estaba empezando a cambiar.

Hacía dos años que bailaba. Su rutina se había convertido en viajar a Córdoba tres o cuatro veces por semana para las clases. A veces, también iba para montar y ensayar las coreografías que las alumnas de las academias presentaban dos veces al año en el Gran Teatro de Córdoba, el sitio más importante de la ciudad.

No sentía mucha pasión por el baile. No le emocionaban las clases casi diarias ni la exhibición, pero le gustaba cuando se tenía que vestir con su traje, con algo de brillos, volantes y flecos. Su madre la ayudaba también a arreglarse el pelo y a maquillarse. Era el único momento en el que se sentía realmente bonita y segura de sí misma. Allí era mucho más que la niña de un pequeño pueblo, y eso le gustaba.

Sabía que para sus padres era importante verla bailar. Pagaban religiosamente, con mucho sacrificio, la academia, las mallas que usaba, las zapatillas, los vestidos y los tocados para las actuaciones… Las actuaciones en el teatro se convirtieron en las pocas ocasiones en que estaban los tres juntos, además de las cenas en casa. Hacían el trayecto en coche en silencio, no decían ni una palabra ni entablaban conversación alguna. Esas veces su padre no ponía sevillanas en la radio.

Cuando bajaba del escenario, Ángeles y Mariano la esperaban en el pasillo con una sonrisa inmensa para abrazarla y felicitarla. Era la única vez que Alma los veía sonreír. Para cualquier andaluz, bailar significa alegría y felicidad, y ellos, como buenos andaluces, asumían que Alma era una niña feliz porque la veían bailar con gracia y entrega.

Ella se sentía en paz y disfrutaba cuando estaba en el escenario, pero después de la actuación volvía a ser la niña tímida de siempre. Se metía de nuevo en su caparazón, que la protegía de lo que ocurría en un mundo que no era amable con ella. Los tres se subían en el coche y no se oía ni una palabra hasta que aparcaban en la puerta de su casa.

Pero hubo una ocasión en que no sucedió así.

Cuando salió del teatro del recital de fin de año, entre el bullicio de la calle —porque todas las familias estaban allí— Alma se fijó en que una mujer más joven que su madre los miraba fijamente. Ángeles andaba distraída y no se dio cuenta de que la mujer se había acercado a su hija.

—Bailaste muy bonito, Alma —le dijo.

Y esbozó una sonrisa con sus labios rojos cereza mostrando todos los dientes sin pudor. Su madre, al escuchar el comentario, se dio la vuelta y la mujer se fue rápido por la acera sin mirar atrás. Pero ese cabello oscuro, esa sonrisa y ese tono de voz aguda y fuerte a Alma no se le olvidarían fácilmente. Cuando su madre vio que se alejaba, la cogió de la mano. Estaba muy enfadada.

—¡Vámonos ya mismo de aquí! —le gritó.

Dejaron a su padre allí, sin que este se diese cuenta. Alma no entendía nada. Ángeles caminaba a toda la velocidad que le permitían los zapatos de tacón. Recorrían las callecitas empedradas y estrechas de la judería, como si de un laberinto se tratase. Alma la seguía con el tutú de ballet, los leotardos de color rosa y un abrigo mal puesto para resguardarse del frío.

—Mamá, ¿adónde vamos? —se atrevió a preguntar.

Ella no contestó. Estaba llorando mientras caminaba rápido. No podía evitar los mocos que le asomaban por la nariz. Deambularon durante un rato largo. Alma tenía claro que su madre huía de esa señora que la había saludado…, y también de su padre. Habían dejado el coche bien atrás y se preguntaba cómo iban a regresar a casa. Su pueblo estaba a más de cincuenta kilómetros de distancia, no podían ir a pie hasta allí. Tampoco había transporte público que pudiese llevarlas. Ni taxis. Hornachuelos estaba tan aislado en medio de la sierra que tan solo iba un autobús una o dos veces al día. A esa hora ninguno hacía esa ruta.

Caminaron mucho. Las calles ya no le parecían tan bonitas. Eran más bien sombrías. Además, para ella, que venía de un pueblo de tres o cuatro calles donde todo el mundo se conocía, la idea de caminar por la ciudad, sin saber adónde ir ni conocer a nadie, le resultaba aterradora. El silencio de la noche cordobesa le dio mucho miedo. Y eso que le había cogido un cariño especial a Córdoba, porque le encantaban los balcones con flores y la arquitectura mudéjar, pero aquella noche todo le parecía siniestro y oscuro.

Su madre, que hacía un tiempo que se quejaba bastante de un dolor en el pecho, bajó el ritmo de sus pasos, cansada de huir, con la respiración ya entrecortada. No era una mujer tan joven, tenía algo más de cincuenta años en ese momento. ¿Quién era esa joven de la que huía con tanto afán?

Con los pies doloridos, llegaron a una plaza y su madre se sentó a descansar. Alma la miró bien, tenía la cara roja, enfurecida, y la nariz hinchada de tanto moquear. Solo la había visto así de afectada durante las discusiones con su padre, que cada vez eran más frecuentes. Ángeles, fatigada, se puso la mano en el pecho, como si le doliera el corazón, y Alma se asustó aún más. Ya no se atrevía a preguntar qué sucedía. Después de un rato allí sentadas sin saber qué decir ni preguntar, apareció su padre en el coche. Las había estado buscando por toda la ciudad, desesperado. Bajó la ventanilla y se dirigió a ella:

—Mi niña, sube. Estás muerta de frío.

Alma miró a su madre y se dio cuenta de que estaba rendida, era obvio que se encontraba mal físicamente, y asintió. Fue rápido a abrirle la puerta del coche. Ángeles se incorporó despacio, algo encorvada, y se sentó en el asiento de atrás con ella. Alma recostó la cabeza encima de sus piernas mientras su padre conducía hacia el pueblo y, aún confundida y preocupada por lo ocurrido, se quedó dormida.

En su casa jamás se habló del asunto.

Para Alma las vacaciones escolares significaban dos cosas: que pasaría mucho tiempo en casa oyendo música de sus artistas favoritos en la radio y que se celebrarían las fiestas del pueblo, las únicas ocasiones en las que tenía planificado salir de casa.

Su padre la llevaba siempre a la feria. Solían acudir los dos solos porque su madre nunca quería ir. Era todos los años prácticamente el mismo ritual. Paseaban por las atracciones, o cacharritos, como los llamaban los melojos —los que viven o nacen en Hornachuelos—; sus favoritas eran la noria y las sillas voladoras. Los coches de choque, esos en los que se estampaban unos con otros, prefería dejarlos pasar, siempre había mucha cola y, además, era donde siempre acababan peleándose los «chicos malos» del pueblo.

Después, agotados por el sol y el ajetreo, se sentaban en las mesitas de colores al atardecer, donde Alma se tomaba un batido Puleva de vainilla, divertida, haciendo ruido con la pajita. Mientras, su padre saludaba a todos los que se encontraba del pueblo. A diferencia de su madre y de la propia Alma, él era un hombre que se mostraba siempre alegre, que conocía a todo el mundo y al que todos llamaban «amigo». Todos lo querían. Tenía también fama de buen hombre.

—¿Te lo has pasado bien en los cacharritos? —le preguntaba él.

—Sí, papá. Me han gustado mucho las sillas voladoras. Aunque ya casi no me dejan montar ahí.

—¡Es que sí que te has hecho grande, mi niña! ¡Grande y guapa! ¡Ya casi que me alcanzas! —le decía soltando una carcajada, y le pasaba la mano por la cabeza, divertido.

Ella sonreía y lo miraba largamente. Alto, con la piel bronceada y siempre tan de buenas. Los ojos le brillaban de orgullo, y a ella, de cariño y admiración. Detrás de él, el sol de la hora dorada los iluminaba y todo parecía estar bien.

Pero ese verano todo cambió. Estando allí, en ese momento que les pertenecía a ellos dos, volvió a ver a la mujer misteriosa de Córdoba. Se le acercó furtivamente, le entregó un turrón, le sonrió y se alejó sin decir ni una palabra. Alma se quedó mirando mientras se iba, analizando sus movimientos como si fuesen a cámara lenta. Retuvo en su memoria la boca rojo cereza, las uñas largas, el cabello oscuro al viento y unas caderas que se contoneaban como al ritmo de una música que solo ella podía oír.

No sabría decir por qué, pero se molestó muchísimo. Miró a su padre, como si exigiese una explicación, y él solo miraba hacia otro lado con sus ojos profundos, haciendo como que no la conocía. Ya no quería estar en la feria. Tenía ganas de volver a casa.

Esa noche, durante la cena, Alma puso el turrón sobre la mesa y contó lo ocurrido. Su padre bajó la cabeza, como avergonzado. A su madre se le abrieron las fosas nasales, anunciando el llanto. Los dejó allí después de tirar la bomba, peleando de nuevo, en una dinámica que ya se había vuelto una costumbre.

Y se fue a dormir, procurando no escuchar nada y preguntándose si había hecho bien en contar lo que vio. Era obvio que había hecho daño a sus padres al exponerlo de esa forma. ¿Era necesario lo que acababa de hacer? Quizá había una explicación para todo y ella no había sabido manejar la situación.

Estaba enfadada. No quería ver a su madre llorar más. Notaba cómo se iba apagando poco a poco y eso le hacía sentirse triste. Esta vez no temió que su padre se fuese de casa. Estaba herida y quería que lo supiera. Pero su padre nunca se fue. Y siempre se lo agradecería. ¿Qué habría hecho ella sin él? Y ¿qué habría hecho él sin ella? Sí, Alma era toda su vida.

Un domingo, Alma salió orgullosa con su ensarta de diamelas colgada al cuello. Con la ayuda de su madre había hecho, como todos los años, un collar de flores en honor a la Virgen. Ángeles la mandaba a recoger las diamelas y a ella le encantaba sentarse en el patio a escogerlas y ensartarlas una a una con hilo blanco. Adoraba el olor que el jazmín de Arabia dejaba sobre la ropa y que se esparcía por toda la iglesia. El sol de verano invadía el pueblo y aquel rito era refrescante, romántico..., como de otra época.

De camino a la iglesia, Alma sintió que todo el mundo las miraba, y no era porque llevara la ensarta más bonita ni la más larga. Pensó que era por lo de aquella mujer. Angustiada, un pensamiento conquistó su cabeza: «¡Lo saben todo!». Sí, conocían su nombre, desde cuándo veía a su padre, de dónde era y hasta la melodía que rondaba en su cabeza cuando caminaba, tan orgullosa y segura.

Entre la gente que las miraba también estaban ellas, las Emes. Allí estaban las tres, recostadas en el muro de una casa junto a la iglesia, cuchicheando y riéndose maliciosamente. Entonces... ¡lo sabían también!

De pronto entendió lo que había escuchado a su madre decir en una discusión, aquello de que eran el hazmerreír del pueblo. Definitivamente, lo último que necesitaba era otra razón para que se rieran de ella. Ni de su familia. Se puso al lado de su madre en la iglesia, dándole soporte y apoyo, como si estuviera tratando de convertirse en el muro de contención de las miradas y de las burlas. Y así estuvo durante mucho tiempo, muy dolida.

Rezó con angustia porque no quería ver a su padre ni en pintura. Por dentro estaba llena de rabia. Contra él, contra la mujer de pelo oscuro y labios cereza, contra el pueblo entero por saber y hablar de lo que ella no sabía a ciencia cierta y por mirarlas con ojos indiscretos, lastimándola a ella y a su madre. ¿Por qué la gente aprovecha siempre los malos momentos que atraviesan los demás para hacerles más daño? ¿Por qué se disfruta de la tristeza ajena? ¿Por qué se es tan cruel con los demás? Alma no podía dejar de pensar en eso.

También descubrió que el tiempo cura las heridas. Su padre era un hombre que le quitaba importancia a todo y siempre bromeaba, así que le resultó muy difícil mantener su enfado mucho tiempo. También era humano y todos cometían errores. Nadie era perfecto, y él estaba lejos de serlo. Alma lo estaba entendiendo poco a poco. Tal vez todo eran chismes de pueblo, como decía él, o simplemente había que amar y querer a las personas tal y como eran, no como ella quería que fuesen.

En el siguiente viaje a Córdoba, cuando se reiniciaron las clases, con su flamenquito en el camino, Alma volvería a mirar y a sonreír a su padre con cariño.

En la radio que tenía en su cuarto sonaba una canción que Alma repetía en su cabeza una y otra vez, «Pisando fuerte»... Sí, era bonito eso de soñar y durante las vacaciones de ese verano había soñado mucho despierta, a solas, en su habitación. Soñaba con desfilar y posar delante de una cámara. Desde que le habían dicho que su figura era como la de una modelo, la idea de serlo no la abandonaba.

Las referencias que ella tenía en la cabeza eran las modelos de la televisión: las de los anuncios, las que aparecían en los concursos como *El precio justo*, donde, cada vez que entregaban un premio, el presentador, Joaquín Prat, decía: «¡Que pase la azafata!». Entonces entraban Ivonne Reyes o Beatriz Rico en escena. Se emocionaba mucho, pero no por el premio, sino por verlas desfilar. Alma se imaginaba que era una de ellas.

También veía a diario *El telecupón*, cuando Carmen Sevilla —a quien su madre tenía particular admiración— y Agustín Bravo llamaban a las modelos para que sacaran los números del cupón ganador de cada día, con todas las familias españolas atentas, esperando que fuera el suyo. Alma reconocía a muchas de esas modelos, casi todas habían ganado concursos de belleza y se habían presentado a Miss España. Ese era su programa favorito de todo el año. Lo veía sola en la tele de su casa hasta tarde y vivía el certamen como si ella misma estuviera participando. «Quizá algún día —se decía—. Quizá algún día, Alma».

Se fijaba en las poses de las modelos en los catálogos de ropa y bisutería que a veces las amigas de su madre llevaban a casa, esos catálogos en donde tenías que anotar tu nombre y la talla que querías en las páginas, junto al producto. En las tiendas de ropa y en las peluquerías de Córdoba también observaba los pósteres. Las modelos tenían las piernas largas, la cintura pequeña, el cabello liso y largo, y lucían una sonrisa amplia y bonita.

A Alma no le gustaba su sonrisa, tampoco sus piernas ni sus brazos largos. «Parezco un espantapájaros», pensaba. En la escuela la habían empezado a molestar por su delgadez. Se había acostumbrado a ponerse hasta tres pares de leotardos de lana gruesa bajo los vaqueros, aunque hiciera cuarenta grados a la sombra, para que sus piernas parecieran más gorditas. Cuando se los ponía, también agradecía haberse acostumbrado a ir al baño solo una vez al día.

Sin embargo, y a pesar de todas sus inseguridades, se miraba en el espejo y se imaginaba siendo modelo como las chicas de los pósteres, pero no en una tienda cualquiera, no; ella se veía en una valla gigante a la entrada de una ciudad importante. ¿Estaba soñando demasiado a lo grande para una muchachita tímida de Hornachuelos?

Al final de la canción, el locutor por fin mencionó el nombre del chico tras la voz que tenía a Alma cautivada. Alejandro Sanz. Había lanzado su primer disco, decía, y su canción había llegado a Los 40 Principales. Además era «casi» andaluz, decía también, porque su familia era del sur, como Alma.

Desde entonces, comenzó a cazarlo en la radio mientras buscaba las emisoras en el coche de su padre cada vez que iban a Córdoba. Se había ganado el derecho de poner la música cuando la dejó sentarse en el asiento delantero. Eso la hacía sentirse mayor y con algo de poder. Todo el mundo decía que ya era casi «una señorita».

Allí la vio, en esa vitrina del puesto de revistas en la que siempre se miraba antes de entrar a la academia. Estaba en la portada: Claudia Schiffer. Rubia, guapísima, vestida de dorado con un traje largo, una corona pequeña y una varita mágica en la mano. Era entre una Barbie y un hada madrina de carne y hueso. Resplandecía en la portada de esa revista. Alma preguntó cuánto valía.

Durante las semanas siguientes, ahorró los cinco duros que su madre le daba cuando cobraba su salario trabajando en el campo con los que se compraba chuches o palmeras de hojaldre y chocolate en la panadería de enfrente de casa. Por fin llegó el día en el que tuvo el dinero suficiente para ir al quiosco de la plaza de las Tendillas de Córdoba y llevarse a Claudia Schiffer con ella hasta Hornachuelos. Por suerte, todavía quedaban números.

Se encerró en su cuarto y leyó cada línea de la historia de su nueva heroína. Procedía de una ciudad no muy grande en Alemania, pero la habían descubierto en Düsseldorf, otra ciudad más grande. Quizá... ¿como Córdoba? Y decía algo que a Alma le llamó mucho la atención: Claudia no se había sentido nunca segura de sí misma y en su colegio tuvo compañeros de clase que se burlaban de ella. ¡¿Qué?! ¿Se burlaban de Claudia? ¿De la rubia de ojos azules y un metro ochenta que caminaba impecable por las pasarelas más importantes del mundo, que se había convertido en lo que llamaban por entonces una supermodelo, que vestía ropa de los mejores diseñadores y que estaba en la portada de las revistas de moda en los quioscos de Córdoba y seguramente de toda España? ¿De qué podían burlarse de aquella Barbie de verdad, de una mujer tan perfecta como ella?

Al principio, Alma se quedó en shock. Luego se le ocurrió algo: si existía una persona capaz de burlarse de Claudia Schiffer es que en cualquier lugar del mundo siempre habría alguien dispuesto a burlarse de cualquiera sin motivo aparente. Como hacían con ella las Emes. ¿Tal vez sus piernas flaquitas o su pelo no fueran el verdadero problema? Pero ¿cuál era realmente? Eso quería saber.

Alma trataba de seguir con su vida, pero no lo tenía fácil. Las Emes la hacían sufrir cada vez más.

—Mira —le dijo a Inés en uno de los recesos entre clases en los primeros días del nuevo curso. Llevaba la revista escondida entre los libros.

—Es muy guapa —le respondió.

—Es Claudia Schiffer. Empezó a desfilar antes de los diecisiete.

—Ya. ¿Te has gastado ciento cincuenta pesetas en esa revista? —preguntó Inés con los ojos muy abiertos y subiendo la voz al ver el precio en una esquina.

—¡Shhh! ¡Calla! Que nos van a oír.

—¿Trae chicos?

—¡No!

—¡Bah! Prefiero la *Super Pop*... Este mes ha traído un póster de Brandon, el de *Sensación de vivir*, ¿sabes?

—La compré por ella —respondió Alma, un poco molesta.

—Ya..., ¿quieres ser como ella? Tú eres alta ¡y rubia! Puede ser, pero...

—Sí, quiero ser modelo.

—¡Pfff! —soltó Inés, riéndose—. ¿Aquí, en Hornachuelos?

—¿Qué has dicho, estrellita? ¿Que quieres ser una qué...? —Martirio se había acercado a ellas por detrás. Habló muy fuerte, de modo que toda la clase centró su atención en ellas.

—A ver, ¿qué estáis viendo? ¡Enseñádnoslo a todos! —pidió un chico de la clase.

Alma se puso roja de la vergüenza y se metió la revista debajo del jersey con un movimiento muy rápido.

—Una modelo —gritó Martirio—. ¿Y con qué vas a desfilar, tía? ¿Con el vestido de ir a misa? ¿Con el jersey ese de lana descosido que siempre traes puesto?

Martirio, mientras le decía eso, le tiró del hilo que colgaba de la manga y el suéter se le descosió un poco más. Alma se puso de pie para atrapar el hilo y la revista cayó al suelo. Martirio la cogió por una de las hojas y la levantó para que los demás la vieran.

—¡Devuélvemela ahora mismo!

—Estábamos investigando para una tarea, Martirio..., solo es eso... —dijo Inés, débilmente.

—A ver, a ver, ¿qué es esto? ¿Claudia Chifler? «La supermodelo del momento». ¿Tú quieres ser como ella? ¿La supermodelo de Hornachuelos? ¿En serio? —Al tiempo que hablaba hacía como que la comparaba con la foto de la revista—. Pues, para empezar, necesitas un poco más de alegría en ese pelo lacio, Topacio. —Y le pasó la mano por la cabeza. Alma no quería que la tocase y le retiró la mano de un golpe.

Martirio seguía agitando la revista en el aire, por encima de la altura de Alma e Inés. El chaval que les había pedido que enseñasen lo que estaban viendo empezó a desfilar para burlarse de Alma. Martirio se puso la mano en la boca, como si fuera un micrófono, imitando a una presentadora de televisión.

—¡Y ahora, con ustedes: la Barbie Topacio…! ¿O la Topacio meloja?… O mejor, mejor, ¡la Barbie meloja, pobre y empollona, que se cree guapa para ser modelo!

Si en algo eran creativas las Emes era en encontrar siempre una nueva manera de molestarla. De un tiempo a esa parte la llamaban Topacio, por el pelo largo, lacio y rubio que su madre le cepillaba mil veces con tanto amor. Hasta ella le decía que se parecía un poco a la protagonista de la telenovela que había causado furor en España. Al menos, Topacio, a la que interpretaba Grecia Colmenares, era guapa. Se lo decía a sí misma para no sentirse tan ofendida. También pensaba que era un poco tonta, porque no podía ser que a una misma persona le pasaran tantas cosas malas: la pobre Topacio nacía ciega, la cambiaban de cuna y se veía inmersa en todas las traiciones, manipulaciones y ataques de los más malos. Pero como en la mayoría de las telenovelas, se recuperaría de todo y acabaría feliz, rica y casada con el galán de la historia.

En ese momento entró la maestra. En un movimiento rápido, Martirio le lanzó la revista a Alma, pero la arrugó y una de las hojas se desgarró por la mitad, para tristeza de Alma, que la había cuidado mucho. Los demás se sentaron en sus sillas y solo ella se quedó de pie con la revista en la mano.

—Alma, ¿qué es eso que tienes en la mano?

—Es solo una revista.

—Entrégamela y siéntate. Te la devolveré al final del día.

Alma caminó hasta el frente y le entregó la revista, arrugada y medio rota. Miró con odio a Martirio cuando se dirigió a su sitio, pero a ella parecía hacerle todo mucha gracia.

Esa tarde, en casa, buscó pegamento y unas tijeras y recortó la foto de Claudia Schiffer medio rota para ponerla en la puerta de su armario; ese espacio se convertiría a partir de ese momento en su tablero de sueños. Su colección de Barbies seguía allí en el estante; ya casi no jugaba con ellas, pero las arreglaba y limpiaba de vez en cuando, y las tenía de recuerdo. Ahora, la Claudia-hada madrina de la foto sería su inspiración.

Con el tiempo, Alma ocultó su ilusión de ser modelo. Aprendió, por las malas, a proteger su sueño de los demás, como había hecho con sus muñecas cuando era pequeña y como hacía con todo lo que de verdad le importaba. Hasta ahora no había conseguido más que desplantes y burlas, incluso por parte de Inés, que parecía tener cero interés en el asunto. Se había dado cuenta, además, de que a su amiga ahora solo le interesaban los chicos. Sentía que quizá ya no eran tan afines.

Alma, por su lado, no sentía todavía ninguna curiosidad por ellos. Pero unos días más tarde conocería al que se convertiría en su primer amigo. O, más bien, lo conocería mejor, porque ya se habían cruzado un par de veces y él le había sonreído y la había saludado. Nada más, de ahí no habían pasado. Era alto, fuerte y llevaba una chaqueta de esas que tenían acolchado, tipo bómber, verde, con una franja beis y otra azul. Tenía el cabello castaño un poco desordenado y las mejillas siempre rosadas, que le daban un aire bonachón.

—¿Por qué esas te llaman Topacio? —le preguntó él un día a la salida de clase.

—Pues... supongo que por el pelo rubio..., porque ciega no estoy —le respondió encogiéndose de hombros.

El chico soltó una risa y Alma también le sonrió. Su risa era contagiosa, sin duda.

—Yo soy Manolo —se presentó—. Soy nuevo en la clase. Estoy repitiendo curso. En realidad, es la segunda vez que repito.

—Sí, te he visto sentado atrás. —Le parecía simpático, pero no se atrevía a hablarle.

—Vivo por allá —le dijo, señalando donde ella solía cruzar para llegar a su casa—. ¿Y tú?

—Vivo al otro lado del pueblo, pero también voy por esa calle de atrás.

—Te acompaño y así me cuentas quién es Topacio. Aparte de que es ciega, porque me lo acabas de decir tú, no sé nada más.

—Es una telenovela que veía mi madre. Y seguro que tu madre también la vio. Era muy famosa.

Desde ese día, Alma tuvo un nuevo compañero de camino al salir de la escuela. No hizo falta que le contara lo que le pasaba, porque él había visto con sus propios ojos lo que le hacían y le decían las Emes, con Martirio como líder. Él era algo mayor, como ellas, y las conocía bien. Así que muchos días, como ese, fueron menos grises gracias a su compañía.

Lo único malo de esa amistad fue que Inés empezó a especular sobre un romance entre ellos.

—Es un chico muy guay, lo que pasa es que es mayor que tú...

—Tía, ya te he dicho que no me gusta —respondía siempre que Inés lo mencionaba—. ¡A mí me gusta Dylan!

Y así lograba que Inés hablase con entusiasmo de *Sensación de vivir*, claramente su serie favorita, y desviaba la atención del tema de Manolo.

El mismo Manolo le regaló días después su primer casete grabado por él, lo que hoy se llamaría un *mixtape*, y eso le abrió un mundo de posibilidades casi infinitas.

—¿Qué es eso? —preguntó curiosa cuando se lo entregó con una carátula escrita con rotulador negro.

—Lo he grabado de la radio, no ha quedado muy bien, pero tiene algunas canciones buenas. Bon Jovi, Héroes del Silencio, El Último de la Fila, Los Secretos... No sé si es la música que te gusta.

—¡Gracias! Héroes del Silencio me gusta mucho —le contestó, tímidamente.

Esa tarde, echada en su cama después de la clase de ballet, escuchó cada canción del casete. En algunas se colaba alguna que otra palabra del locutor de la radio que presentaba la canción y había un sonido raro al final del lado A y el lado B, pero darse cuenta de que podía grabarse sus canciones favoritas y así oírlas muchas veces le pareció una superidea.

Así es que con el dinero de la merienda fue hasta la tienda del Todo a 100 y compró su primer par de cintas vírgenes marca TDK. Los días que no tenía que ir a Córdoba se dedicaba a grabar sus cintas. Con la paciencia de un santo, esperaba a que pusiesen sus canciones favoritas en la radio y entonces apretaba al mismo tiempo la tecla de Rec y la de Play, y con suerte paraba justo a tiempo, antes de que el locutor se pusiese a hablar de nuevo. A las carátulas les ponía etiquetas con el nombre de cada canción y dibujaba portadas que después coloreaba cuidadosamente. Luego las estrenaba en el coche, con su padre, cuando iban a Córdoba.

Un día, de camino a ballet, su padre paró en una gasolinera; tardó unos minutos en volver al coche, pero lo hizo con una cajita que Alma reconoció de inmediato. ¡Allí estaba! ¡Era el casete de Alejandro Sanz! No se podía creer que lo tuviera en sus manos. Era su primer casete original. A partir de ese día, y durante una buena temporada, se convirtió en la nueva banda sonora de sus viajes.

Tras pensarlo mucho, Alma se mostraba cada vez más convencida de que no tenía sentido decirles a los adultos lo que le estaba pasando en la escuela. Martirio a veces hacía chistes tontos en clase sobre los demás y la maestra se reía también, así que probablemente nadie la tomaría en serio ni le daría importancia. Al final del día solo eran «bromas», ¿no? Pero bromas que nadie sabía cuánto dolían.

Ni siquiera Inés era consciente de su dolor. Alma se veía cada vez más alejada y decepcionada de la que había sido su mejor amiga. ¿Aún lo era? Sabía la respuesta a esa pregunta: no. Y eso le rompía el corazón.

Y su madre…, su madre estaba muy ocupada tratando de no hundirse en la sombra de la otra mujer. Sufría, lloraba e intentaba mantener a su familia unida, defendiéndola como una leona. Siempre con sus preciosos ojos verdes tristes, que cada vez eran más chiquitos.

Alma se sentía sola, pero tenía su música y sus sueños. Y una certeza absoluta de que, aunque todo lo tuviera en contra, conseguiría lo que se propusiese. Todo en la vida era posible…

4
Mundo de cristal

Cuando cumplió los trece años, Mariano y Ángeles consideraron que Alma ya era lo suficientemente grande como para viajar sola a Córdoba en bus. Su madre le hizo un regalo para que la acompañara durante cada trayecto y no extrañara el radiocasete del coche de su padre: un *walkman*.

Con sus auriculares puestos, viajaba tres y hasta cuatro veces por semana a sus clases de baile, escuchando sus canciones favoritas una y otra vez. Le tocaba esperar una media hora en la estación de Hornachuelos y luego, al llegar a Córdoba, una hora y media más antes de que empezara la clase. En ese tiempo de espera, Alma se sentaba en la plaza de las Tendillas y terminaba alguna tarea de la escuela. Otras veces, solo contemplaba la fuente de la plaza con la música de fondo y miraba cómo paseaban los cordobeses, observando minuciosamente su forma de caminar y los gestos que hacían, escuchaba también sus expresiones y las comparaba con la gente del pueblo. Pensaba en qué se parecían y en qué se diferenciaban. Cada hora en punto se quitaba los auriculares para escuchar los preciosos acordes de guitarra flamenca por soleares con los que el reloj de la plaza daba la hora.

Desde allí las vio pasar varias veces, siempre a la misma hora, tan puntuales como esos acordes de guitarra. Un grupo de chicas un poco mayores que ella, esbeltas, de pelo largo, maquilladas y arregladas. Vestían muy bien, siempre conjuntadas con sus bolsos y zapatos. Parecían las chicas de los pósteres de Zara que estaban por todo el centro de Córdoba desde que, unos meses antes, había abierto sus puertas la primera tienda en la calle Gondomar, muy cerca de allí.

Un día, sintiéndose como la espía de una película, decidió seguirlas. Cogió sus cosas, guardó el *walkman* y se fue tras ellas. Llegaron a una callecita estrecha, cruzaron hacia la izquierda y subieron por una pequeña escalera. Las chicas entraron en un portal donde un letrero rezaba ACADEMIA INTERNACIONAL DE MODELOS. El corazón le dio un vuelco. No se atrevió a llamar, pero se quedó mirando aquella puerta un rato y apuntó la dirección. Volvió la semana siguiente para comprobar que ahí estaba el sitio; no había visto mal ni se lo había imaginado. Se armó de valor y entró.

—Hola —dijo, tímidamente.

La recibió una mujer joven, de unos veinticinco años, muy bonita y arreglada.

—¿En qué te puedo ayudar? —le preguntó.

En la entrada reconoció a una de las chicas que había visto cruzar por la plaza.

—Me gustaría conseguir algo de información sobre la academia.

—Te voy a dar este folleto. Es toda la información que puedo darte a ti. Debes venir con tus padres, si les interesa, para poder darles más detalles a ellos.

Alma cogió el papel y lo guardó como si fuera el mapa del tesoro. Pasó un par de días mirándolo, ilusionada, como si repasándolo una y otra vez fuera a descifrar la manera de convencer a sus padres de que eso era lo que más deseaba en el mundo.

Lo tenía muy claro: no quería seguir bailando, quería ser modelo. Pero ¿cómo decírselo? ¿Cómo podría convencerlos? Siempre había intentado no decepcionarlos y ser la mejor hija posible para que se sintieran orgullosos de ella. Sabía el esfuerzo tan grande que habían hecho en los últimos cinco años para pagar la escuela de ballet, con todo lo que eso conllevaba. Decirles que ya no quería bailar más les iba a romper el corazón, especialmente a su padre. Finalmente, se dio cuenta de que no podía esperar más. Cuanto antes pasase el trago amargo, mejor. De modo que un domingo reunió todo el valor posible y habló con ellos de sus anhelos.

—Mamá, papá, me gustaría hablar con ustedes sobre un asunto. —No se atrevía a mirarlos a los ojos.

Les mostró el folleto de la academia de modelos.

—He conocido este lugar en Córdoba.

Sus padres la miraron, callados, sin entender muy bien qué era lo que quería.

—Quiero asistir a clases ahí para formarme como modelo.

Hubo un silencio.

—Pero..., pero ¿y la academia de baile? Que ya hemos pagado todo el año, chiquilla. Y tu padre y yo no podemos pagar dos sitios —le dijo Ángeles, preocupada.

—Es que… ya no quiero seguir bailando, mamá. Yo quiero ser modelo. Tal vez pueda trabajar en un par de años para catálogos de ropa y ayudaros económicamente… Así han empezado muchas modelos famosas.

Su padre no apartaba la vista del papel, algo serio.

—Pues tenemos que conocer ese lugar primero, Alma. A mí no me suena bien eso de que trabajes tan chica, para eso estamos nosotros, que nos partimos el lomo en el campo…, pero si esto es lo que quieres, habrá que averiguar qué es exactamente… No lo sé —dudó—. Además, dicen muchas cosas de las modelos por ahí… Tendremos que conocer ese sitio.

—Pues… vengan conmigo a Córdoba y nos acercamos a conocerlo juntos.

Los padres se miraron el uno al otro, impresionados por el aplomo y la seguridad con la que les hablaba esa niña que siempre había sido tan callada. Seguían siendo un matrimonio inestable que vivía bajo la sombra de los chismes del pueblo, pero Alma era el centro de toda su vida y se esforzaban en llegar a acuerdos por el bienestar de su hija.

—Está bien —dijo Mariano—. Vas con mamá y así averiguaremos si el sitio es serio. Pero ya veremos. Que a mí ese cambio no me gusta mucho.

No había salido tan bien en principio, pero esa noche Alma se fue a dormir segura de que había dado un primer paso. Había sido valiente, ahora solo tendría que tener paciencia, pero nada la haría retroceder.

Un par de días después, cuando llegó a casa, encontró a su madre reunida con las vecinas. Últimamente, sus visitas eran menos frecuentes desde que el esposo de Jacinta se había puesto enfermo y esta apenas salía de casa a tomar el fresco con las amigas. En cuanto las vio, supo cuál había sido el tema de conversación. Jacinta se le abalanzó enseguida, pellizcándole las mejillas y haciendo que se mostrase ante todas.

—¡Cómo estás de guapa, chiquilla! Mira esa cara... ¡y esa pechonalidad! ¡Gracias a Dios que has echao un poco más de cuerpo!

Ahora Alma tenía un elemento más para animar las charlas de las mujeres. Se había desarrollado y uno de los cambios más significativos de su cuerpo era que de golpe le había crecido bastante el pecho.

—Que nos ha contado tu madre que vas a ser modelo —dijo Rosario, menos entusiasta.

La niña resopló mirando a su madre, decepcionada por que hubiera contado su sueño. La incomodaba, asimismo, que la escrutaran y analizaran de esa particular manera que tenían ellas.

—Es que les estaba contando que me da mucho miedo eso, que hay que tener cuidado con los peligros, mi niña..., que hay mucha gente mala en el mundo que se aprovecha de las muchachas como tú —se excusó Ángeles.

—Anda, Ángeles, déjala, que tu hija tonta no es. ¡Ya la veremos y la aplaudiremos cuando esté desfilando en la plaza del pueblo! —celebró Jacinta.

—Pero ¡vamos! ¡Que yo creo que eso de desfilar es una tontería bien dicha! ¿Dónde vas a hacerlo aquí en Hornachuelos? —agregó Rosario, pesimista—. Si hay dos tiendas de ropa y ya está. Que esto no es como en las películas. De este pueblo no sale nadie.

A Alma ese comentario le golpeó fuerte en el pecho. La verdad es que nunca había sabido de nadie que saliera del pueblo, nada más que sus tíos. Todo el mundo se terminaba quedando, se casaban, tenían hijos, trabajaban en lo que salía y poco más. Llevaban una vida tranquila, sin muchas pretensiones, justo lo que Alma no quería.

—Bueno, pero si ella quiere ser modelo que empiece a hacer alguna monería aquí. A ver, ¡una vueltecita! —volvió a insistir Jacinta, que la cogió por una mano, tiró de ella y la obligó a dar la vuelta ante ellas. Alma estaba más rígida que las torres de la iglesia.

—Pero, niña, ¡qué poca gracia tienes! ¡Que estás más tiesa que un palo! Así ni modelo ni nada. Con lo vergonzosa que eres y con esa cara seria que parece que estás mosqueá... Así no vas a llegar a ninguna parte... —la criticó Paqui.

Las señoras asintieron y rieron. Alma sintió que se ruborizaba y los ojos y la nariz se le humedecían.

—Tengo que estudiar, mamá —dijo, y se fue a su cuarto corriendo, sorbiéndose los mocos para no explotar en llanto allí.

Ya en su habitación, encendió el estéreo y se tiró en la cama mirando el techo. Empezó a llorar con la almohada sobre la cara para que no se escuchara fuera. Sabía que las vecinas no tenían intención de lastimarla. Además, ellas eran la única diversión que tenía su madre y Alma quería que estuviera acompañada, que tuviera con quien hablar, que se lo pasase bien..., pero ¿por qué siempre la hacían sentir tan incómoda?

No sabía si estaban celebrando sinceramente su sueño o si se burlaban... ¿Por qué siempre soltaban comentarios tan bruscos? ¿Por qué siempre juzgaban su cuerpo? Al menos con las Emes lo sabía, era obvio que la querían lastimar, que no les importaba hacerla sentir como una tonta, pero con las amigas de su madre…, no entendía de qué iban. Eran mujeres mayores, de otra generación, que no entendían muy bien lo que ella quería y que la consideraban diferente a las niñas del pueblo. Un poco rara la veían. ¿Por qué no podía ser una jovencita normal como el resto de sus compañeras? ¿Por qué sentía que no encajaba en ningún lado?

Esa forma de bromear con ella era… extraña, como si quisieran halagarla, pero siempre añadían algún tipo de crítica. Alma se sentía tan incómoda… Seguro que para cualquier otra persona eran solo comentarios graciosos, pero ella se los tomaba muy en serio, como algo personal. ¡Nah! Eran amigas de su madre, seguro que no querían hacerle daño. Tenían razón, más bien. Era demasiado tímida, ¿cómo iba a desfilar así por una pasarela? Si se tensaba en cuanto sabía que la miraban… Y, además, vivía en un pueblo en medio de la sierra, nunca había ido más lejos de Palma del Río. ¿Cómo iban a imaginársela con un traje de un diseñador de renombre internacional, saliendo en la televisión o posando para alguna publicidad de Zara? También era verdad lo que decían: muy poca gente salía de allí. No conocía a ningún melojo del que se pudiera decir que hubiera tenido éxito; quienes se iban, si lo lograban, eran condenados al olvido.

Milán, París, Nueva York… Para ella sí estaba claro en su cabeza. Y en el tablero que había construido en la puerta de madera oscura de su armario estaba la prueba. Allí había colocado las mejores fotos de Claudia, pero también de Cindy Crawford, Linda Evangelista y

Naomi Campbell. Las recortaba de las revistas que compraba un mes sí y un mes no con lo poquito que ahorraba. Sus ilusiones de desfilar habían volado lejos, muy lejos, donde la imaginación de las amigas de su madre no podía llegar. Y tenía la certeza de que ella alcanzaría esa meta, poco a poco. Estaba dando un gran paso para ello. ¡Quería acelerar el reloj y el calendario y salir de allí!

Los días y las horas pasaban lentos, pero llegó el momento. Ángeles y Alma se encontraban ante la puerta que había descubierto en Córdoba: su futuro al alcance de la mano. A la niña le latía el corazón a toda velocidad.

—¿En qué puedo ayudarlas? —dijo la directora de la academia cuando la llamaron para que las atendiera.

Era la mujer que le entregó el folleto y las recibió con una sonrisa muy amable. Se llamaba Isabel.

—Pues mire usted, esta es mi hija y se ha empeñado en ser modelo. —Su madre hablaba en un tono de voz muy bajito, sin que apenas se la escuchase—. ¿Usted cree que podría?

Miró a Alma por un momento que a ella le pareció eterno... y luego le sonrió dulcemente.

—Claro que sí, señora. Veo posibilidades. Tiene usted una hija muy linda. Nosotros podemos enseñarle todo lo que necesita —le dijo—. Vamos a explicarle el precio y los horarios de nuestras clases para que lo decidan...

Alma no escuchó lo que siguió. Estaba emocionada y se imaginaba todo lo que pasaría a partir de ese momento. No tenía ni idea de cuáles eran las clases, las asignaturas o cuántas horas pasaría allí, pero no le importaba mucho, quería descubrirlo por sí misma.

Tendría que convencer a su padre, pero Alma sabía que lo lograría. Salieron de la agencia y ella ni preguntó a su madre qué le había parecido. Tenía la cabeza en otro sitio.

Terminaba la primavera..., pero mientras tarareaba «Mundo de cristal», de Duncan Dhu, su grupo favorito entonces, en el bus de regreso a Hornachuelos, Alma sentía que pronto todo cambiaría. Su vida empezaría a florecer y su trabajo era seguir caminando con cuidado de no romper nada ni pisar las flores.

Alma no podía estar más contenta. Había empezado sus clases en la academia y el baile había quedado atrás. De pronto, se sentía un poco más segura de sí misma. Hasta había elegido un biquini precioso en un catálogo de ropa, de esos que su madre recibía, uno con la parte de arriba en forma de triángulo, que en las pocas tiendas de Hornachuelos, como era de esperar, no vendían. Lo había pedido pensando en que durante las vacaciones iría con sus padres a la playa como los años anteriores, a Chipiona o Matalascañas. Era una de esas pocas cosas que hacían los tres, como familia, que le encantaba. Se levantaban muy temprano, su madre preparaba unos cuantos bocadillos y su padre conducía unas tres horas hasta allá. Pasaban el día, Alma tomaba el sol, hacía castillos de arena y saltaba las olas. Al final del día, regresaban, cansados y quemados por el sol. Nada ni nadie más importaba durante esas horas.

De hecho, ya le había llegado el paquete con el biquini nuevo, pero aún no se lo había puesto más que para desfilar por su cuarto y mirarse al espejo. Salía poco de casa, se había distanciado tanto de Inés que ya no hacían planes juntas. Estaban a punto de comenzar las vacaciones de la escuela, pero no tenía una amiga cercana con quien salir y disfrutar de su nueva prenda, y eso la entristecía. A veces miraba desde la ventana de su casa cómo pasaban las pandillas del pueblo que se dirigían al lago, a la piscina municipal o bien habían organizado excursiones de senderismo, y le daba un poco de envidia. Se preguntaba por qué le era tan difícil tener un grupo de amigos con el que salir sin sentirse como una extraterrestre.

Un sábado, su madre la pilló mirando por la ventana.

—La piscina está abierta hoy y este calor es insoportable. ¿Por qué no te vas a dar una vuelta por ahí? Seguro que te encuentras con algunas amigas.

—Mamá, no sé... Tengo que estudiar para los exámenes finales.

—Anda, chiquilla. Tú tienes buenas notas, no necesitas quedarte encerrada ahora... La Paqui me ha dicho que está su sobrina allí, creo que se llama Laura, y que se lo está pasando superbién.

—Pero ella es mayor que yo, mamá. No creo que quiera pasar el tiempo conmigo...

—Me ha dicho que es una chica muy simpática... Te voy a preparar un bocadillo y te lo llevas, para cuando te dé hambre. ¡Y así estrenas el biquini que te he comprado! ¡Anda, niña!

Alma finalmente asintió, le apetecía mucho estrenar ese biquini. Así es que se lo puso bajo un vestido ligero y veraniego, cogió su mochila, metió un par de casetes de música y se fue hasta la piscina a refrescarse. Ese día la temperatura era de treinta y dos grados y el sol de la sierra quemaba fuerte.

Entró a los vestuarios, se quitó el vestido y se puso la toalla alrededor de la cintura. Le daba vergüenza estrenar el biquini, pero se armó de valentía. Era una aprendiz de modelo y tenía que pelear con esas ganas que tenía de querer pasar siempre desapercibida. Salió de los vestuarios y, agarrándose la toalla para que no se le cayera, casi sin levantar la cabeza para no ver si había alguien mirándola, caminó hasta el borde de la piscina.

Cuando se dirigía a una de las tumbonas donde pensaba acomodarse, escuchó unas risas que reconoció de inmediato. Una de las Emes, Manuela, estaba allí, al otro lado de la piscina, con otros chicos. Qué pesadilla. Alma no sabía cómo reaccionar. Enseguida comenzaron a chiflarle, a silbar y a reírse. Se puso a sudar a mares y, en unos segundos, empezó a dolerle la tripa. Quería desaparecer, pero, al mismo tiempo, no quería darles el gusto.

—Mira, ¡ahí está! ¡Y se ha puesto un biquini! —dijo uno de los chicos.

Manuela era, de las Emes, la más guapa y quizá su familia fuera la más pudiente del pueblo. Su madre era una de las gerentes del banco. Era muy popular y se vestía con ropa que seguramente compraba en la ciudad.

—¡Eh, superestrella! ¿Quieres venir a sentarte aquí? ¡Qué sexyyy...! Ven a mostrarnos tus encantos, anda —le gritó uno de los chicos.

—Pero ¿qué encantos? ¡Es fea y creída, tío! —Manuela hablaba lo suficientemente alto como para que Alma pudiera oírla desde el otro lado—. No le digas eso, no es más que una cateta y ya se cree de la realeza, ¡imagínate!

Alma, asustada, miró a todos lados para ver si encontraba a Laura, la sobrina de la amiga de su madre. Y entonces, justo cuando iba a sentarse en la única tumbona que quedaba libre, una chica se le adelantó. Se quedó allí, de pie, descolocada, buscando dónde esconderse, mientras el grupo de Manuela seguía riéndose cada vez más alto.

—Tienes razón, pero ¡si parece un espagueti con biquini! —dijo otra chica, y todos se rieron con carcajadas malévolas—. ¿Quién se habrá creído para ponerse eso? ¿Una estrella de cine en Ibiza? ¡Es que es un adefesio! ¡Si tiene un cuerpo escombro que alucinas!

—¡Mira qué brazos más largos! —dijo otro chico—. ¡Parece un mono!

Alma reconoció a la chica que había dicho lo del «cuerpo escombro». Era Laura, la sobrina de Paqui, la que su madre le había dicho que era muy simpática y que se acercara a ella en la piscina. Estaba con Manuela y se burlaban, la señalaban y le decían un montón de cosas horribles que parecía que se merecía solo por existir, ponerse un biquini bonito y atreverse a salir para disfrutar del sol y la piscina.

Aún indecisa, sin saber muy bien qué hacer, uno de los chicos salió corriendo y se tiró de bomba al agua, muy cerca de donde estaba ella. Acabó mojada de pies a cabeza. Explotaron las carcajadas y todos los que estaban dentro de la piscina se la quedaron mirando. Alma se sintió como si se le hubiera caído el biquini y estuviera no solo mojada, sino también completamente desnuda y expuesta, al ser el objeto de los cuchicheos y las burlas, ya no solamente del grupito del fondo, en las tumbonas, sino de todos los presentes. Se sentía señalada.

Cada minuto que pasaba se daba cuenta de que el universo no perdía la oportunidad para hacerle sentir que no pertenecía a ese sitio. Y a veces por las malas. ¿Por qué la trataban de esa manera? ¿Qué había hecho ella?

Se dio media vuelta y regresó a los vestuarios con muchas ganas de llorar. Se puso el vestido como pudo y abandonó el recinto. Caminó lento hasta casa, esperando que el sol le secara la ropa pronto. Iba muerta de vergüenza y de tristeza. No tenía ni idea de lo que le diría a su madre.

—¿Por qué has regresado tan pronto, chiquilla? ¡Si no son ni las doce!

—No había nadie, mamá. La piscina estaba vacía. Me aburrí.

Su madre no le preguntó nada más.

Días después se cruzó con Laura cuando estaba a punto de entrar a su casa. Iba con la Paqui y la saludó como si nada, con un gesto de la mano y una sonrisa torcida. «¡Menuda descarada!», pensó Alma.

—A ver cuándo os juntáis. Que yo sé que Laura es mayor, pero seguro que podéis hablar de muchas cosas de esas... de la juventud —le dijo la Paqui.

Alma sonrió a medias y cerró la puerta. Volvió a su encierro de cada fin de semana y se prometió a sí misma que nunca más se pondría un biquini en Hornachuelos.

Una mañana, días más tarde, Alma corrió al espejo apenas abrió los ojos y se pasó la mano por la frente. Algo le dolía. Allí estaba, hinchado, rojo y caliente, un grano gigante justo encima de una ceja. Era la peor pesadilla de un adolescente de los noventa, lo había visto en muchos anuncios de publicidad sobre productos novedosos contra eso que le estaba empezando a ocurrir también a ella: el acné. Y era lo peor que podía pasarle justo ahora, cuando estaba empezando su carrera como modelo. ¿Quién iba a querer contratar a una modelo con la cara llena de granos? Todas las modelos y mujeres a las que ella admiraba tenían rostros impecables, pieles tersas y perfectas: Claudia, Cindy, Naomi... También las estrellas de televisión... En anuncios en la televisión o en la publicidad de las revistas salían jóvenes con granos, pero acompañados de un mensaje parecido a «el acné te puede arruinar la vida».

No dejaron de salirle granos. Un día le dijo a su madre que se sentía muy mal y que le dolía la barriga porque no quería ir a la escuela. La verdad es que no deseaba que nadie la viera así, con esas espinillas rojas a punto de estallar en la cara. Alma le pidió a su madre que ese mismo fin de semana la llevara a la peluquería para cortarse el flequillo y, con él, taparse la frente.

—Te conseguiremos una crema que te ayude, mi niña. Eso es normal, les pasa a todos a tu edad. Eso se va solo —quiso tranquilizarla Ángeles.

Pero Alma no veía que le ocurriese a todos. Se había fijado en los pasillos de la escuela, había compañeros con granos, pero no les ocurría «a todos los de su edad». No era cierto, su madre le decía eso para calmarla. Y aquello no parecía que se fuese a ir solo.

Un par de días después, compraron una crema y una pastilla de jabón de azufre que les recomendó el boticario del pueblo. Las mañanas de Alma ahora estaban definidas por la rutina de cuidado de la piel, que suponía que tuviera que levantarse todavía más temprano, ya que continuaba haciendo la ruta más larga que le llevaba a la escuela. Se aplicaba la pastilla de limpiador facial, se secaba la cara con cuidado y sin frotar con una toalla suave distinta a la que usaba para el cuerpo y luego se ponía la crema que olía como a hierbas y esperaba pacientemente a que la piel la absorbiera. Al final, se peinaba con dedicación el flequillo para tapar lo que pudiera el acné que tanto le molestaba. Por las noches volvía a repetir el procedimiento de limpieza y aplicación de la crema.

Allí, frente al espejo, con la cara cubierta de espinillas, le costaba reconocerse. Cuando se lavaba la cara, con calma, deseaba con todas sus fuerzas que se borrase aquella capa de espinillas que tan solo hacía un par de meses no estaba allí. Quiso volver a ser una niña. Esta parte de la pubertad no quería vivirla.

Su cara, hasta entonces, no había sido objeto de ataques. La habían tachado de tonta, de presumida, la habían llamado «patilarga», «espagueti» por la delgadez y por sus piernas, «Topacio» por el pelo, la habían acusado de usar un Wonderbra o de ponerse rellenos por tener el pecho grande, pero con su rostro nunca se habían metido. Era lo único que le faltaba, una razón más para que las Emes le pusieran un mote nuevo. Estaba aterrada. No sabía si iba a poder resistir más burlas.

En uno de sus peores días, cuando además le había venido la menstruación y ya había gastado todas las excusas para no asistir a la escuela, se fue, desganada y con el flequillo recién hecho. Cambió de dirección en una de las calles para evitar a Manolo, su compañero de camino. No quería que se encontrara con la persona en la que sentía que se había convertido, le daba mucha vergüenza mostrar su cara, llena de grasa y espinillas. Aunque era inevitable, se lo iba a encontrar seguro en la clase, en el recreo y en la salida de la escuela.

Quería pasar más desapercibida que nunca. Pero no lo iba a lograr tampoco ese día. No podía ser invisible. Si algo tenían las Emes era la capacidad de ser sumamente detallistas. A veces parecía que la estudiaban minuciosamente entre las tres para encontrar algún detalle, por insignificante que pareciera, para molestarla. Alma se preguntó cuánto tiempo dedicaban a eso cada día. Quizá hubiesen sido las mejores estudiantes de toda España si, en vez de poner tanta atención en ella, se hubiesen ocupado todo el rato de sus tareas y estudios. «¡Cómo pierden el tiempo! —pensó—. Por eso repiten curso, las muy bestias».

El «detalle» esta vez eran sus cejas, que se habían ido decolorando día tras día con el peróxido de benzoilo que contenía la crema que usaba para el acné. También se las tapaba con el flequillo, porque cada vez estaban más claritas, pero durante el camino se le había despeinado un poco.

—Mira, ¡si ha amanecido más rubia la estrellita! —le gritó Martirio cuando la vio en el pasillo del colegio.

Alma intentó arreglarse el flequillo con la mano, pero ya era demasiado tarde.

—¿Le has pedido a tu hada madrina que te convierta en Barbie y ha empezado por ahí? —dijo Marina—. ¿Ahora la modelito se pinta las cejas? ¡Lo que faltaba!

—¡Mira cómo camina, como si el pasillo fuera una pasarela! Oye, ¡se te ha olvidado el biquini del otro día! —dijo Manuela.

El pasillo estaba hasta arriba de niños a punto de entrar en las clases. Muchos que estaban atentos a las burlas estallaron en silbidos y risas. Ahí estaba también Inés, muy cerca de las Emes, riéndose como las demás de ella, aunque trataba de disimularlo un poquito poniéndose la mano en la boca. Tenía claro que ya no eran mejores amigas, pero le partía el corazón verla del lado de las que la atacaban constantemente.

Alma no pudo evitar hiperventilar. Sentía que ya no podía con una burla más, pero siguió caminando a duras penas. Se aferró a su mochila, pero le dolían las manos, los brazos, el cuello y hasta la mandíbula. Estaba mareada y pensó que iba a desmayarse. Solo quería morirse, pero tampoco quería darles el gusto de romper a llorar delante de todos. De pronto, sintió un brazo en la espalda que la sostenía. Era Manolo.

—Ah, pero si ha llegado el novio orgulloso de la superestrella —dijo Martirio.

—Pero... ¡no sabíamos que tenía novio la estrellita! —le contestó Manuela, a modo de chisme.

—¿No los has visto? ¡Siempre se van juntos de la escuela! —respondió Martirio.

—Es muy guapo para ella. ¡Podría estar con alguien mucho mejor que esa! —concluyó Manuela.

Se incrementaron los silbidos. Manolo la miró, le hizo un guiño tranquilizador y continuó caminando a su lado, dándole apoyo para acompañarla hasta la clase y que se pudiese sentar allí, algo más tranquila. Era un buen chico y Alma sintió que había sido un poco tonta por pensar que él fuese a reírse de ella por tener acné.

—Gracias —le dijo tímidamente.

Solo entonces se dio cuenta de que era verdad: Manolo era un chaval muy guapo. Quizá Manuela tuviese razón. Lo miró por un instante. Él se aseguró de que estuviera bien antes de que empezara la clase y se sentó en su sitio.

A media mañana, Alma acudió al despacho de la directora de la escuela y pidió que llamaran a su madre para que la viniese a buscar porque «le dolía la barriga». En realidad, lo que le dolía era el corazón. Nunca había sentido tanta vergüenza ni tanta humillación en su vida. Solo quería irse a casa, encerrarse en su cuarto, dormirse y abrir los ojos al día siguiente en un mundo más empático y menos despiadado.

En la academia de modelos le dieron un par de recomendaciones para tratar el acné y le dijeron que no se preocupara por eso, que no era la primera ni la última que lo había tenido. Entre otras cosas, se apuntó a unas clases sobre el cuidado de la piel y sobre maquillaje. Eso le hacía sentir más tranquila y anotó unos cuantos *tips*. Allí conoció a una chica muy simpática, Nathalia, que tenía acné como ella y se hacía tratamientos una vez a la semana en un exclusivo centro estético de Córdoba. Alma, junto con su madre, fue a investigar, pero era imposible que sus padres, con un sueldo humilde de trabajar en el campo, pudieran pagar aquello: *peelings*, terapia láser, cremas supernovedosas, sueros, ácidos y demás. De momento, seguiría con las cremas que le había recomendado el boticario en la farmacia del pueblo. La esteticista que iba una vez a la semana a la academia le recomendó que bebiese mucha agua. También sabía que tenía que tener paciencia, mucha paciencia.

Alma sabía todo sobre el desarrollo y la pubertad antes de que llegara ese momento para ella: la menstruación, los cambios hormonales, la posibilidad del acné, el crecimiento de los senos, las caderas, la salida del vello, los cambios de humor… Su madre —con todo el pudor del mundo— le había comentado algo, pero no mucho. Había hojeado algún que otro libro que había encontrado en la biblioteca y además, por iniciativa propia, había acudido a un par de charlas especiales en la escuela para disipar sus dudas al respecto. Pero en aquellos tiempos en ningún manual y en ninguna charla se hablaba sobre el desafío de enfrentarse a las burlas de otros adolescentes sobre tu aspecto. Alma no tenía ni idea de qué hacer ni cómo sentirse al respecto.

Un viernes, al regresar de la escuela, encontró una nota en su mochila. No era un hecho aislado; durante los últimos años había sido habitual hallar esas notas cuando sacaba los libros para hacer la tarea. Nunca eran agradables y estaban bastante mal escritas: insultos, burlas, sobrenombres, monigotes con pecho grande o una cara llena de espinillas rojas dibujadas. Notas que la hacían sentir miserable, que la llenaban de miedo y de tristeza y que minaban su autoestima. Pero aquella nota fue especialmente cruel:

> Eres tan fea, tan tonta, tan creída y tan poca cosa. Piensas que eres una Barbie o una princesa y no eres nadie y nunca lo serás. No sales con chicos porque estás esperando a que llegue un príncipe azul y eso nunca va a pasar. Todo el mundo se ríe de tus delirios de grandeza. ¿Modelo, tú? Aquí te veremos muerta de hambre, fregando casas y limpiando suelos, porque no sirves para otra cosa. Cuídate de que no te encontremos sola en la calle, porque con la paliza que te vamos a dar se te van a quitar las tonterías.

No necesitaba firma, ella ya sabía quiénes eran las autoras: las Emes. A Alma se le hizo un nudo en el estómago y le dieron ganas de vomitar. Le resbalaron dos lágrimas. Rompió el papel en mil pedazos, como había hecho con todos los demás, porque no quería que los encontraran sus padres y los leyeran. El dolor se lo guardaba solo para ella, porque sabía que podía vivir con él.

Sentía que había tocado fondo y le costaba seguir respirando, pero tenía dentro una fuerza bonita y poderosa; de hecho, no importaba lo profundo que cayese, esa fuerza siempre la empujaba de vuelta a la superficie. Todo lo que le enviaban, le decían o le hacían para hacerla sentir pequeña le daba más motivos para seguir luchando por sus sueños, aunque solo fuera para demostrarles a todos que estaban equivocados. Ella no se iba a dejar vencer tan fácilmente. Las amenazas y el desprecio de los demás no iban a apagar la luz de su alma ni su voluntad de ganar la partida. «¿Que no puedo alcanzar mi sueño? Ya verán que sí, ya lo verán», se dijo a sí misma mientras lloraba sin parar.

Sus clases de modelo fueron la vía de escape que necesitaba ante tanto ataque. Se sentía feliz tan pronto como cruzaba el umbral de la puerta de la academia. Estaba entusiasmada y ponía todo su empeño en cada asignatura. Amaba estar allí. Las clases de pasarela y de pose para fotografía eran sus favoritas.

Cuando Alma subía a la pasarela, en aquella habitación rodeada de espejos de arriba abajo, se veía increíblemente poderosa. Los temores de quedarse paralizada y su timidez se disipaban por completo. Caminaba con la vista al frente y el pecho orgulloso, como si fuera algo completamente natural en ella. Fue allí, por primera vez, cuando una de sus profesoras le dijo algo que le cambió la vida:

—Vamos, niña, que con esas piernas que tú tienes puedes llegar muy lejos.

Alma se quedó atónita. Era la primera vez que alguien elogiaba sus piernas. Siempre se había avergonzado de ellas. Le habían dicho que eran muy delgadas, demasiado largas, huesudas, la habían llamado «piernas de espagueti»... Aunque ahora, gracias a la danza, sus piernas estaban bien definidas y fuertes. No obstante, nunca se había sentido a gusto con ninguna parte de su cuerpo.

Quizá sus piernas nunca habían sido el problema... El problema, si es que había alguno, era que ella vivía en un lugar donde nadie apreciaba que ser diferente y soñar con imposibles también era bonito. Ese cumplido la hizo sentirse distinta consigo misma... y aumentó su certeza de que, si se esforzaba, podría llegar lejos.

Con el curso de modelo, que durante los primeros meses le supuso mucho estudio y aprendizaje teórico, llegó, además del intercambio de conocimientos, el poder identificarse con jovencitas con sus mismos gustos. Se prestaban revistas, hablaban de sus modelos favoritas y sus personajes preferidos de la tele, comentaban lo que veían en los telediarios sobre moda —no era mucho, pero algo había— y algunas hasta le enseñaron a combinar mejor la ropa, aunque ella no tenía demasiada: un par de jeans, unas cuantas camisetas y las Converse rojas de siempre, que Ángeles (o los Reyes) le reponía cuando se le quedaban pequeñas. El bolso se lo había comprado en el baratillo del pueblo.

A Alma la sorprendió el ambiente de empatía y apoyo mutuo que halló en aquella academia, muy distinto a lo que había vivido en la escuela. Sus compañeras eran simpáticas y cariñosas, a diferencia de lo que alguna vez había escuchado por ahí sobre la envidia, las trampas o la competencia entre las modelos. No había notado nada de eso y, desde luego, nadie la hacía sentir mal, sino todo lo contrario. Por primera vez en su vida creía encajar en un lugar.

—A ver, mi niña, ¿qué te parece si escogemos lo que te vas a poner para la fiesta de fin de curso?
Eso le dijo su madre cuando pasaron una tarde por uno de los baratillos de Córdoba. Ella no había pensado en la fiesta de fin de curso. Era su último año allí, pues iba a empezar secundaria. Por eso tenía que cambiarse de escuela e ir a una que se encontraba en Palma del Río, a unos treinta minutos en autobús desde Hornachuelos.
Escogieron un vestido de florecitas rojas que se podía poner con sus Converse y una camiseta blanca debajo. Le recordaba un poco el estilo de Kelly, de *Sensación de vivir*, su personaje femenino favorito. Alma ya no tenía miedo de enseñar las piernas.
Cuando llegó el día de la fiesta no sentía demasiada ansiedad; tenía poco tiempo para pensar en eso. Había estado muy ocupada con los exámenes y con aprobar todas las asignaturas. Se arregló el pelo con cuidado, se puso un poco de polvos de arroz que su madre le había comprado para darle color a la cara, secar el brillo y disimular un poco el acné, y se fue a la escuela sin saber lo que le esperaba.

Alma pasó la fiesta tranquila y contenta, pensaba que era su último día en ese colegio y ya podría alejarse de una vez por todas de las burlas y los ataques constantes. Así que estuvo conversando con Manolo e incluso charló con compañeros de su curso, que nunca se habían metido con ella, pero tampoco habían hecho nada por que no se sintiera sola o impedir las burlas. A las Emes las seguiría viendo en el pueblo, pero no coincidiría con ellas a diario en clase. Según ellas, no estaban interesadas en seguir estudiando. Según Alma, sus notas no les habían alcanzado para empezar la secundaria. Fuese por el motivo que fuese, eso la alivió bastante. Manolo había llevado a la escuela una bolsa con las chucherías que le gustaban a Alma, y mientras se comían los Risketos y los Bubbaloo, le dijo que él también iba a dejar la escuela. Había decidido trabajar con su padre en el bar.

—Los estudios no son para mí —le dijo riéndose.

A Alma le dio pena, le tenía mucho cariño, supo que podría haber sido un buen amigo, pero se daba cuenta de que eran muy diferentes y que tenían ambiciones distintas. Mientras ella soñaba con viajar, estudiar y mudarse de allí, Manolo amaba la idea de vivir en el pueblo siempre, le encantaban el ambiente tranquilo de Hornachuelos, las reuniones con amigos para beber calimocho alrededor de una fogata y la vida sencilla y sin complicaciones. Se sentía cómodo y feliz y tenía claro que quería quedarse allí.

—Somos agua y aceite, ¿no? —le dijo Alma, y se echaron a reír.

Ese día los profesores entregaban una lista de reconocimientos, entre otros, al estudiante más destacado del año, al que se había portado bien durante todo el curso, al mejor deportista. Entonces ocurrió. Uno de los profesores dijo su nombre y le pidieron que subiera al pequeño escenario que habían montado para entregar los premios ese día. No se lo esperaba. Alma subió despacio, exponiéndose ante todos los alumnos. También estaban las Emes, que la miraban fijamente, con una media sonrisita de maldad en la cara.

—Alma López Benavides, por iniciativa de tus compañeros, que nos han convencido, les hemos permitido otorgarte también a ti un reconocimiento: la banda de miss Hornachuelos.

Se quedó tiesa como un palo, no entendía bien qué estaba pasando. Por un lado del escenario entró Inés, la que durante años había sido su mejor amiga, acompañada de Martirio. Llevaban una banda como las que le ponen a las reinas de belleza en los concursos, pero hecha de papel, pintada a mano con colores que simulaban la bandera de Andalucía. Se notaba que había sido hecha de muy mala gana y estaba mal grapada en la punta. Sin que pudiera leer bien lo que decía, se la colgaron mientras pedían aplausos al público.

No sabía ni qué decir ni qué hacer. Podría haber sido un sueño cumplido eso de que le pusieran una banda sus compañeros del colegio, pero se sentía como si estuviese viviendo una pesadilla. Abajo, unos muchachos aplaudían sin demasiado entusiasmo, otros cuchicheaban entre ellos y más allá algunos se reían sin parar. Manolo no sabía si aplaudir o no. Sintió un sudor frío y que se le retorcía el estómago. No quería que nadie la mirara más.

—¡Que desfile! ¡Que desfile! —empezaron a gritar algunos.

—Anda, ¡modelito! —Pudo escuchar que le gritaba Martirio desde abajo—. No te cortes ahora. ¡Haz tu desfile!

Alma solo alcanzó a forzar una sonrisa y bajarse rápido de ahí. No hubo desfile. La abuchearon. Se quitó la banda y se fue corriendo a casa, llorando por esas calles una vez más. Cuando llegó, su madre la vio con la banda en la mano y gritó de felicidad.

—¡Mira lo que te han dado! Madre mía, ¡qué bonito y qué ilusión! Esta es la primera banda de las muchas que vas a ganar. ¡Ayyy, qué bonita que es mi niña!

Su madre, una mujer buena y cándida, pensó que había sido un reconocimiento. Pero Alma sabía que había sido una humillación en toda la extensión de la palabra, que tristemente algunos profesores apoyaron sin saberlo. Le dolía el corazón y estaba triste. Miró su banda con detenimiento para leerla bien: MISS BARBIECHUELOS.

5
El corazón hecho un nudo

Con el final de curso y el cambio de colegio vino también una limpieza en casa que incluyó despedirse de sus Barbies, las que tanto había cuidado durante más de una década. Un día llegó y ya no estaban allí; su madre se las había regalado a la nieta de una vecina del pueblo a la que le encantaban las muñecas, pero su abuela no podía comprárselas. A Alma le dio mucha tristeza; era como despedirse de su infancia para siempre, pero también sabía que era parte de crecer, y seguro que esa otra niña las iba a querer tanto como ella las quiso. De todos modos, no había mucho tiempo para lamentarse: tenía la mente ocupada porque había mucho que hacer en la academia de modelos. Se había inscrito en la escuela de verano para tener clases extra y ahora tenía que ir a Córdoba todos los días. Fue entonces cuando comenzaron los castings y todo empezó a moverse. Isabel, la dueña de la agencia, le pidió a Alma que llevara unas fotos para sus archivos.

—Mamá, que dicen en la academia que tengo que hacerme unas fotos, dos de cuerpo entero y una de cara.

—Pues, niña, aquí no hay mucho para escoger, tocará ir donde Molina.

Molina era el fotógrafo del pueblo. Tenía un estudio pequeñito muy cerca de la plaza del centro por donde habían pasado todas las familias de Hornachuelos. La vitrina de la tienda era como una gran página social de los melojos: allí estaban las imágenes de las bodas más recientes, la de los López-Romero y los García-Domínguez. En unas fotos aparecían los nuevos esposos y las familias, y en otras posaban solo las novias con largos y vaporosos velos, que casi siempre eran las más grandes, tamaño póster. Había un espacio para los bebés, algunos incluso estaban fotografiados en sus diferentes etapas: en el bautizo, con el primer diente, con los hermanitos. En otra área destacaban las fotos de las ferias del año anterior, siempre con el alcalde de turno como protagonista y una inscripción al pie: «El excelentísimo alcalde de Hornachuelos inaugura la Feria 1995». Todo el mundo se paraba siempre a mirar ese escaparate. Allí se exhibían todas las fotos de los eventos importantes, y era un buen lugar también para el cotilleo. Frente al escaparate se juntaban las marujas del pueblo —entre ellas, las amigas de su madre— para criticar el vestido de la novia o la cara seria de la suegra en la foto. Alma solo pensaba: «Ojalá este hombre no me ponga en el escaparate». No quería que nadie la mirara y dijese en voz alta otra vez: «Y esta, ¿de qué va?». Y cuando pensaba en «nadie», por supuesto que se refería a las Emes.

Molina tenía una pared que era algo así como el muro de honor, donde colocaba sus fotos favoritas. En él había alguna jovencita en su puesta de largo que, seguro, era de algún otro pueblo, porque eso no se estilaba en Hornachuelos. También colocaba las fotos de alguna cantante de las bandas que iban a tocar a la feria o a las verbenas de los alrededores. En esa colección, sin embargo, no había reinas de belleza ni misses ni modelos en desfiles de moda.

Ese muro era una especie de recordatorio para Alma de que no había ningún precedente en la historia de ese lugar de alguien que hubiese sido lo que ella soñaba ser. Nadie antes se había atrevido a querer tanto en la vida. Y si alguna chica de allí lo había soñado en secreto, no había sido lo suficientemente valiente como para dar el primer paso.

Sin saber qué ponerse para su sesión de fotos cayó en la cuenta de que su madre siempre guardaba todo. Sus vestidos de joven, su primer abrigo de ante que le regaló su padre cuando eran novios y cobró su primer sueldo, los collares de perlas que su madrina le dejó antes de morir… Todo estaba en sus cajones bien organizado y como nuevo, así que decidió echar un vistazo por si encontraba algo interesante para posar con ello.

En el último cajón de la cómoda de su cuarto, el que siempre estaba trabado y no se abría, encontró algo que la dejó boquiabierta. Ahí, en una caja de galletas de metal, de esas que se compraban en Navidad y que luego quedaban para guardar un poco de todo en las casas, había un montón de fotos en blanco y negro y otras en color, pero ya algo desvaído por el paso del tiempo. Y allí estaba ella… Una mujer preciosa, de piel blanca, ojos verde claro y un pelo negro azabache por la cintura. Se quedó mirando detenidamente las fotos, como queriendo viajar en el tiempo para verla en vivo y en directo. En esos ojos verdes podía reconocer los ojos de su madre, aunque ahora eran más pequeños y más tristes, pero la sonrisa amplia, llena de vida y alegría, nunca antes se la había visto. Esa mujer de las fotos parecía una estrella de cine, como Elizabeth Taylor o Sarita Montiel, las superestrellas de la época. ¡Y ese bellezón era su madre! Alma estaba que no le cabía el corazón en el pecho. La veía tan guapa, tan estilosa, tan elegante que no podía creerlo... Miró las fotos con emoción y luego, de golpe, le llegó la tristeza y se le aguaron los ojos.

¿Qué había pasado? ¿Cómo una mujer con esa luz tan especial, tan bonita y tan alegre, ahora, aun siendo igual de bella a los ojos de Alma, se había convertido en una mujer más triste, más apagada y sin brillo? ¿Por qué ya no sonreía como en la foto? ¿Qué le ocurrió por el camino? ¿La vida había sido tan dura con ella para cambiarla tanto? ¡No tenía respuestas a tantas preguntas!

Alma cogió un par de fotos para enseñárselas a su madre. Estaba en la sala planchando alguna camisa de su padre, con la mirada un poco perdida y la televisión puesta de fondo, mientras echaban el programa de María Teresa Campos de las tardes.

—Mamá —dijo Alma—, he encontrado estas fotos buscando en tus cajones.

Su madre la miró y esbozó una sonrisa.

—Anda, hija mía, que no hace tiempo de eso. No ni na —le respondió ella, un poco avergonzada.

—Pero, mamá, si pareces una estrella de cine. ¿Por qué te cortaste el pelo? —le preguntó Alma.

Ángeles sonrió con algo de nostalgia antes de responderle.

—Eso es lo que se acostumbraba cuando te casabas. Y después de tener hijos, aún más. Ya sabes, una pasa a dedicarse a su familia, ya no andas por ahí de coqueta con una melena larga.

Alma lo pensó y reparó en algo que no había notado antes: no existía en el pueblo una sola señora que fuese como su madre en aquella foto... Todas llevaban el pelo corto, accesorios discretos, ropa ancha y anticuada que las hacía lucir mayores y más gruesas de lo que en realidad eran. Era una costumbre. Cuando se casaban, las mujeres dejaban de darle importancia a su imagen, o ¿es que se volvían más prácticas? Se dedicaban completamente a las labores del hogar y ya solo vivían para su marido y sus hijos. No había más. Ser ama de casa y recoger naranjas era en aquel sitio y en aquella época el único destino.

Una vez en el estudio del fotógrafo, observó la vitrina de Fotos Molina. Se dio cuenta de que después de las instantáneas de las bodas en las que las mujeres se permitían posar como las protagonistas de su gran momento en la vida, más bonitas y arregladas que nunca, con el vestido de brillantes y maquillaje de fiesta, la mayoría de ellas no volvía a estar así nunca más frente a la lente de una cámara. Era como si desaparecieran del todo dentro de sus casas.

—La niña necesita unas fotos. Unas en que parezca modelo, ya sabe —dijo Ángeles frente al mostrador de la tienda, señalando el muro de las famosas.

La esposa de Molina, que se encargaba de la tienda, hizo un mohín entre sorprendida y extrañada. Miró a Alma, escrutándola. Ángeles, impasible. Alma agradeció que su madre no se dejara intimidar por las reacciones de los demás cuando hablaban de ella. Luego les cobró y las citó para las tres de la tarde, cuando el fotógrafo volviera de un encargo que tenía. Le entró pánico de estar en ese estudio. Eso significaba que cualquiera en el pueblo que pasara por allí podía enterarse de que iba a hacerse esas fotos para sus castings de modelo y no quería que se corriera la voz y dar de qué hablar. Pero era más barato que cualquier fotoestudio de Córdoba, así que tenía que aguantarse.

Cuando llegó la hora de la sesión, Molina le puso un fondo con tela azul que asemejaba un cielo azul, le pidió que posara de formas diferentes y que volvieran al día siguiente una vez que estuvieran listas. Así hicieron, y Alma salió con un paquete de fotos tipo postal que entregó en la academia. Sabía que no eran fotos profesionales, pero al menos no se veían mal del todo. Las posturas que había aprendido en la academia le habían servido para posar bien.

Una de las copias fue a parar a la puerta de su armario, junto a las de sus supermodelos favoritas. Otra, a una de las repisas de la sala de su casa, en un marco especial que su madre corrió a comprar para mostrarla orgullosa. Alma pensó que una de las fotografías de su madre que había encontrado en el cajón que no abría bien también debía estar allí a la vista, a su lado.

—Mamá era preciosa, ¿a que sí? —Se colocó delante de su padre con la foto en la mano cuando él miraba la televisión.

—Pues sí, mi niña, pero ¡tú eres igualita a mí, eh! —dijo Mariano orgulloso.

—Seguro que es la mamá más guapa del pueblo... Ojalá sonriera más así, papá, como en la foto. Mamá ya no sonríe.

Él solo asintió con un gruñido. A ella le costó muchísimo, pero se atrevió a decirlo.
—La gente dice cosas. De ti... y de otra señora. Y eso le pone triste...
—La gente siempre dice cosas, mi niña. Y no todas son verdad. Hay que vivir con eso —dijo él, muy serio, y le dio un par de golpecitos cariñosos sobre la mano.
Unos días después de llevar las fotos a la academia, a Alma la llamaron para su primer casting.

El tiempo continuaba pasando y la vida de Alma no se detenía, del mismo modo que el río que pasaba por el pueblo. Se había hecho muy amiga de Isa, su compañera del instituto de Palma del Río, con la que cogía el autobús de ida y vuelta a casa. Era una chica tranquila y también un poco tímida, como ella; por eso, a pesar de haber coincidido en la misma escuela de Hornachuelos, nunca se habían hablado. Descubrió que tenían muchas cosas en común. Ambas eran estudiosas, les gustaba el campo y montaban en bicicleta. Así que Alma se animó a sacar la suya del garaje para salir con ella y su grupo de amigos, que pronto se convirtieron también en los de ella. Ya tenía quince años, el acné había ido desapareciendo poco a poco, aunque le dejó algunas marcas que aún luchaba por borrar de su rostro. Pero se sentía mejor.
Las dos niñas se aficionaron a ir de vez en cuando a la sala de juegos del pueblo. Cada sábado, Isa, que sabía que a Alma no le gustaba salir de casa sola, iba a buscarla caminando hasta allí, aunque vivía un poco lejos, y juntas se iban al salón recreativo de Juan. Allí había billares, futbolines, dardos y una maquinita de videojue-

gos tipo *arcade*, de esas que ocupaban toda una esquina del local, con luces y ruido y unos fantasmas a los que tenías que perseguir y atrapar. Era el único sitio en todo el pueblo donde los chicos de su edad podían entrar y reunirse. Sí, a veces también iban las Emes, que, como siempre, se quedaban en un rincón cuchicheando y riendo mientras la miraban. Alma tenía que estar alerta y evitaba pasar cerca de ellas, pues varias veces le habían hecho la zancadilla y una vez intentaron tirarle una bebida encima, pero ella la esquivó. Tampoco iba al baño sola, no quería encontrárselas allí. Por suerte, ya tenía práctica aguantando las ganas de hacer pis; en el colegio tuvo un buen entrenamiento.

No se le olvidaba la paliza que le habían prometido en aquella nota tan horrible que le habían metido en su mochila hacía ya un año. En el fondo sabía que no habían olvidado esa promesa, pero, ahora que ya no estaban en el mismo colegio ni coincidían en el trayecto a casa, podía evitarlas la mayoría de las veces. También se encontraba con Manolo y se saludaban con mucho cariño. Una tarde, Jessica, otra de las chicas del grupo de Isa que a veces se apuntaba también al plan con ellas, le preguntó por Manolo.

—Y él, ¿tiene novia? Es guapo.

—Es mi compañero de la otra escuela. Pues creo que sale con una chica mayor. ¿Te gusta?

—Creo que me estuvo mirando mucho el otro día... —le dijo Jessica moviendo la melena.

Jessica era muy simpática y alegre. Su personalidad apabullaba, hablaba sin parar, se reía muy alto, se vestía de manera vistosa y se esforzaba por llamar la atención de los chicos. Era como si necesitase que la notasen. Todos los del pueblo la conocían y ella revoloteaba de grupo en grupo con una naturalidad que a veces le daba un poco de envidia. Incluso saludaba a Martirio y a alguna de las Emes en el salón de juegos; a ella no la atacaban.

Al cabo de un tiempo de conocerla, Alma observó que, cada vez que algún chico se acercaba a ella, Jessica también se interesaba por ese muchacho y además coqueteaba con él. Era como si estuviese compitiendo con ella, a ver si le robaba la atención del chaval. Lo había hecho con Manolo y luego con un chico muy simpático que se llamaba Salvador y con el que estuvo jugando un par de veces en las maquinitas. También las acompañó una tarde a la función de cine al aire libre para ver *Dos tontos muy tontos*. Jessica le pidió a Salvador que fuera su novio a los pocos días, pero a la semana la relación se había acabado. Parecía que, una vez que captaba la atención del chico, ella se aburría inmediatamente.

—Él se había fijado en ti primero, así que para ella no era más que otro de sus caprichos —le dijo Isa cuando le contó la ruptura—. No es la primera vez que pasa con Jessica.

Alma se encogió de hombros. Aunque había salido un poco del cascarón, seguía sintiéndose más cómoda como observadora que como protagonista en el tema de los coqueteos y los amoríos con los chicos, por lo que le daba un poco igual lo que había ocurrido. No había ningún chico en el pueblo por el que sintiera algo realmente especial. Y, por otra parte, por nada del mundo quería que hubiera un drama por una cuestión de chicos con su nuevo grupo de amigas.

Isa, en ese sentido, era igual a ella. Le entretenía más hablar de lo que estaba pasando en *Expediente X* esa semana. Era una serie que causaba furor en aquel momento; les daba un poco de miedo, pero al mismo tiempo no podían dejar de verla. A Isa le apasionaban la investigación y la biología, y le fascinaban cosas tan distintas como las plantas, las rocas, la arquitectura y la anatomía. Era, como llamarían hoy día, una chica un poco *nerd*, y a Alma le encantaba no tener que hablar de chicos o chismes con ella o con cualquier otro de su edad, porque tampoco es que hubiera mucho que contar.

Las dos amigas pasaban mucho tiempo juntas, se sentaban una al lado de la otra en el autobús a Palma del Río para estudiar en el instituto y a veces hacían la tarea a la vez en el trayecto de regreso al pueblo.

En el instituto nuevo, Alma estaba tranquila. Se sentó desde el primer día atrás y nadie la molestaba. No muchos chicos de Hornachuelos habían seguido estudiando en Palma con ella y las clases eran más grandes, con alumnos de todos los pueblos de alrededor. Aparentemente, eso había facilitado que Alma pasara desapercibida ese primer año.

Había un profesor de Filosofía que adoraba, se llamaba Pedro. Le gustaba y le calmaba lo que él le enseñaba. Platón, Aristóteles, Sartre y algunos escritores que en sus novelas o relatos sacaban conclusiones muy filosóficas, como Kafka... Pero de todos los filósofos el que más le había calado fue Albert Camus. Ese filósofo amable que con su prosa melancólica hablaba de un verano invencible, ese que Alma procuraba cultivar dentro de ella para poder protegerse y superar cada temporada difícil. Todo para seguir hacia delante, incluso cuando regresaba al pueblo y, tenía que salir de casa para hacer cualquier mandado que le pedía su madre. Solo entonces volvía a buscar las calles más solitarias mirando siempre al doblar una esquina para evitar encontrarse con alguna del clan de las Emes.

Ángeles, paciente y vigilante, acompañaba a su hija a cada una de las citas relacionadas con la agencia de modelos y hacía magia para ayudarla a arreglarse con lo poquito que tenían. Era una especie de hada madrina que lograba maravillas. Un vestido remendado, algún que otro accesorio rescatado del cajón aquel de las cosas guardadas y casi siempre sus Converse rojas, porque con los zapatos no había mucho que hacer. Suerte que eran los noventa y estaba de moda llevar zapatillas deportivas con casi todo. Así fue como consiguió su primer desfile en un centro comercial de Córdoba junto con otras chicas de la academia y una modelo que había sido miss Córdoba. Estaban todas ilusionadas, porque era su primer trabajo. No les importó que el pago fuera en vales para Happy Meals de McDonald's.

Para Alma significó ir a comer hamburguesas a la ciudad ese fin de semana. Por primera vez en su vida iría a un McDonald's y por primera vez invitaría a sus padres a cenar con el fruto de su esfuerzo, así que para ella era un gran acontecimiento. Estaba feliz. Pasaría mucho tiempo antes de que cobrara su primer trabajo en dinero real; entretanto, sus pagos siempre fueron con vales o productos a modo de intercambio de alguna de las tiendas para las que trabajaba.

Nunca supo cómo pasó, pero la noticia del desfile llegó al pueblo y, como era de esperar, los comentarios, chistes y consejos no solicitados no faltaron.

—Cucha, ¿y es que a ti no te da miedo eso del desfile de la niña, Ángeles? Ya sabes que dicen muchas cosas, que los hombres se meten con ellas, que las niñas se pierden en ese mundillo, que las manosean, que las drogan, y que algunas, sobre todo las de la tele, tienen fama de pilinguis y se lían con unos y con otros…

Las amigas de su madre tenían la particular costumbre de hablar como si Alma no estuviera presente, no escuchara o no entendiera lo que decían, como en esa ocasión, cuando había acompañado a su madre al supermercado con todos los sentidos funcionando. Suspiró y puso los ojos en blanco. Paqui se dio cuenta.

—No refunfuñes, niña. Que es la verdad. Que tienes que meterte en ese mundo con cuidado, no queremos que te lleves un chasco o que termines mu mal —le recomendó Paqui.

Claro que había escuchado lo que decían de las modelos, de las presentadoras de televisión, de las actrices… Pero le hacía gracia la ligereza con que se acusaba a diestra y siniestra a las mujeres. Normalmente no se hablaba así de los hombres. Y que justamente las personas que decían «que otros decían» fuesen las que expandían los prejuicios.

—Estate tranquila, Paqui, que yo sé quién es mi hija —soltó Ángeles mientras le pagaba al verdulero, y ahí acabó la conversación.

Durante esos tiempos, la gente no paraba de hablar de una tragedia nacional: la muerte de Lola Flores y la de su hijo, Antonio Flores, catorce días después. Antonio, decían, no había podido soportar la pérdida de su madre. Su vida había estado llena de altibajos y se hablaba de su adicción a las drogas, que aparentemente había consumido con alguna de sus novias, una de ellas una modelo, una miss Universo, para más señas. No era raro escuchar a las marujas hablando de «las fulanas esas» que según ellas habían llevado por el mal camino «al hijo de Lola», nombrándolo como si se tratara de un vecino más del pueblo.

En casa de Alma también se había sentido el duelo de aquella familia tan querida en España. Había visto muchas películas y programas de Lola con sus padres. Imposible no amarla. A Alma, por su parte, le encantaban las canciones de Antonio. «No dudaría» se la sabía de memoria, se había hecho rockera de corazón por su música. Pero en esos días era otra de sus canciones la que sonaba sin parar, «Siete vidas», una especie de banda sonora de su rendición ante el dolor. Se le arrugaba el corazón cada vez que la escuchaba. Demasiadas opiniones en televisión, en el mercado, en el periódico, de lo que había pasado con el muchacho. Ser famoso o famosa, fuera como fuese, implicaba convertirse en blanco de especulaciones insensibles. Parecía que la gente no se daba cuenta de que detrás de un artista había una persona, con alma, con sentimientos, con familia. «El que alguien sea famoso no les da derecho a especular o suponer cosas que no saben», pensaba Alma.

Lo que ella empezaba a creer, con tan pocos años, es que no podía dedicarse a algo extraordinario o a tener aspiraciones diferentes porque lo que se salía de lo normal, de lo establecido, de lo que era la costumbre —que en el caso de su pueblo era casarse, tener hijos y trabajar en el campo o en algún negocio familiar— la gente lo cuestionaba. Y si algún día lograba hacer sus aspiraciones realidad, tendría que prepararse, porque ese mismo día se convertiría en el blanco de las opiniones y suspicacias de cualquiera. «Si hablan así de la familia más querida de España, imagínate de mí, que no soy nadie y no me quieren tanto», se decía.

Ni sus padres ni ella podían hacer mucho contra el hecho de que el chisme era el pasatiempo favorito de muchos allí. Alma agradeció que ambos adoptaran esa respuesta que, a partir de entonces, se convertiría a menudo en un chaleco antibalas y la protegería un poco del daño que podían hacerle las habladurías: «Yo sé quién es mi hija».

Al cabo de un año, la pasarela también le había dado mucha más seguridad en sí misma e independencia. Eso y también el cambio de colegio, lejos de la toxicidad de su otra escuela y de las Emes, a las que al menos ya no tenía que ver a diario. Alma seguía siendo la misma niña correcta, disciplinada y tímida de siempre, pero el poder que sentía desfilando se había extendido un poco a su vida fuera de la pasarela y le había permitido mostrarse un poco más fuerte. Iba a necesitar mucho eso.

Desde que se supo que se estaba preparando como modelo, no daba paso sin que se comentara en todo el pueblo. «Cucha, cómo se viste», «Cucha, cómo anda», «Cucha, cómo se toca el pelo»... Todo era un problema o estaba mal visto.

Como esa vez en la que Isa la invitó a ir de paseo en bicicleta con su grupo de amigos. Bordeando la sierra, llegaron a un lago muy bonito. Entonces uno de los chicos propuso que se bañaran con la ropa que llevaban puesta. Todos se tiraron al agua sin dudarlo, porque hacía mucho calor. Todos menos ella, que se quedó mirándolos desde la orilla.

Alma no se atrevió, no solo por lo correcta que era y la vergüenza que le daba salir de allí con la ropa mojada, sino porque aún no había superado el episodio de la piscina y el biquini. Le paralizaba la idea de que alguien opinara sobre su cuerpo. No quería tener quebraderos de cabeza después de haberse atrevido a salir de casa y hacer nuevos amigos. Además, pensó en lo que le diría su madre: «Las señoritas no se meten en un arroyo frío con ropa como si fueran unas salvajes».

Los chicos estuvieron más de treinta minutos bañándose y riéndose en el lago mientras Alma esperaba pacientemente en la orilla al lado de su bicicleta, muerta de calor. Con todo, la tarde fue agradable. Estaba con amigos diferentes, y nadie se estaba burlando de ella. Con eso fue suficiente. Tan pronto como los chicos salieron del agua, todos subieron a sus bicis y regresaron a casa.

Al día siguiente, su madre regresó de la panadería un poco molesta:

—A ver, niña, ¿qué hacías tú metida en un lago con esa amiga tuya y otros muchachos? ¿Tú crees que eso lo hace una señorita?

—Que no, mamá —dijo Alma un poco aturdida—. Yo no me he metido en ningún lago. Mis amigos y yo paramos y ellos estaban asados de calor y se metieron al agua, pero yo no me metí.

—Pues me ha dicho la Amparo que te vio, que tú fuiste la primera en meterse al agua y que andabas convenciendo a los demás para que se metieran también. Virgen santísima, ¿adónde vamos a parar? ¿Así es como yo te he enseñado a comportarte?

—Pero, mamá, si me hubiera metido..., ¿qué tiene de malo? No seas antigua, hombre —se rebeló Alma.

La madre la miró muy indignada. Alma se retractó.

—¡Vaya tela! Yo siempre hablando gloria bendita de mi hija... y estás haciendo trastadas.

—Pero es que... ¡no me metí! Yo fui la única que no entró en el agua, no sé por qué esa señora te dijo eso... ¡Te lo juro! —le aseguró, bajando la mirada—. ¡Si tú sabes cómo soy! ¿No decías que me conocías? ¿Que tú sabías quién era tu hija?

Hubo un segundo de silencio que le dio la razón.

—Cuidaíto, y que no me entere yo que haces más tonterías así —remató su madre.

Alma quiso replicar nuevamente, pero eso no era una conversación justa, no se merecía esa reprimenda. Estaba confundida, siempre había tratado de ser impecable. Había sacado las mejores notas, se había esforzado para comportarse mejor que nadie, ser la más ordenada, la más educada, la que nunca se metía en problemas, la que no se despeinaba o no llevaba ni una sola mancha. Alma quería ser la niña perfecta y le gustaba ser así. No quería que nadie tuviera nada negativo que decir de ella. Por eso no se metió al agua esa vez. Pero alguien en el pueblo andaba contando por ahí que sí lo había hecho. ¡Que la había visto! ¿Por qué? ¿Por qué, si justamente ella fue la única que no se metió, alguien se inventó que sí? ¿Para callarle la boca a su madre, que siempre la andaba defendiendo de todo y presumiendo de hija? ¡Ella también había caído en la trampa de las lenguas del pueblo!

Quería que no le importara lo que los demás pensaran, pero no lo lograba. También quería sentirse un poco rebelde, pero no le salía. Estaba indignada. Le hubiese gustado ser como los otros muchachos de su edad en ese aspecto, que pasaban de todo, hacían lo que les daba la gana y encima nadie se metía con ellos. Estaba harta de los chismes de señoras, de las Emes y de la gente que no tenía nada más que hacer, tan solo hablar mal de los demás. ¡Harta! Solo pensaba en cuánto quería gritarlo e irse de allí.

—Algún día viviré en una ciudad tan grande que aunque me ponga un calcetín verde en la cabeza para ir a por el pan a nadie le importará. ¡La gente debería ir a su bola y dejar a los demás en paz! —mascullaba Alma bien bajito pero muy enfadada mientras iba a su cuarto a echarse en la cama y a poner la música a todo volumen hasta anular sus pensamientos.

¡A Alma le faltaba tanto por aprender! Si ella hubiera sabido lo que la vida le tenía guardado para más adelante, habría entendido que esas habladurías de pueblo no eran nada comparadas con lo que un día le iba a tocar vivir.

Los días, las semanas y los meses pasaban a toda velocidad. Los castings y las oportunidades de desfilar seguían, y Alma, con mucho esfuerzo, había logrado superar un año escolar muy exigente, además de sus viajes a Córdoba para las clases y desfilar en centros comerciales o eventos benéficos. Se habría presentado a Miss Córdoba, como casi todas sus compañeras de la academia, pero todavía no había cumplido los dieciocho años y siempre le tocaba ser una espectadora más. Se sentía ansiosa y frustrada; quería tener ya la oportunidad de participar en un concurso que la ayudara a abrirse puertas en el mundo de la moda.

De momento, se sentía orgullosa, porque al menos «trabajaba» como modelo, aunque le pagaran con regalos de las tiendas. Pero ella no se conformaba con eso, quería más, lo deseaba todo, y tenía la certeza absoluta de que sus sueños se harían realidad. Estaba lista para dar su próximo paso, «el salto». ¿Hacia dónde exactamente? No lo sabía aún. ¿Cuándo llegaría esa oportunidad? Tampoco tenía ni idea. Pero iba a suceder, sin duda alguna. Y lo más importante: no tenía miedo del futuro.

Las discusiones entre sus padres habían disminuido bastante. Ahora apenas se miraban o hablaban. Era como una tensa calma. Eran compañeros de hogar, compañeros de vida, pero no compañeros de alma.

Llegaba ya el calor y los girasoles en Andalucía empezaban a florecer. Su padre, cada tarde, le llevaba el más bonito que había visto en el camino del trabajo a casa. ¡Cómo amaba Alma los girasoles! Le alegraban el día. Se lo imaginaba cortando esas flores con el atardecer gigante y amarillo detrás, como si fuera un cuadro de Van Gogh. Pero le habría gustado que alguna vez, aunque solo fuera una, le hubiera llevado también un girasol a su madre. Quizá le habría alegrado el día. Quizá le hubiera ayudado a mitigar la amargura de la existencia de otra mujer.

A veces se quedaba pensando en que a su padre aquello parecía no haberle afectado ni un poco. Él siempre negó aquel asunto. No disminuyó la popularidad que tenía en el pueblo. Continuó siendo siempre un hombre apreciado y querido por todos. Curiosamente, la gente solo chismeaba sobre esa mujer y su madre, como si él, el hombre, fuese ajeno al conflicto. Los dedos siempre apuntaban hacia las mujeres.

—Papá, ¿por qué no le traes un día un girasol a mamá también? —le dijo una tarde.

—Porque a tu madre no le gustan, hija. A ella le molesta la pelusilla que sueltan.

Pero Alma creía que sí le gustaban, con la pelusilla incluida. Siempre se quedaba mirando el suyo con una sonrisa medio melancólica, lo ponía en agua con mucho cariño y lo colocaba cerca de una ventana para que la flor pudiera seguir mirando el sol y no se marchitara. Y pensaba que ojalá su padre le hiciera caso y le trajera uno a su madre algún día.

Ese verano de 1996 fue un punto de inflexión en la vida de Alma. Se aproximaba la feria del pueblo y este año sí que se iba a animar a ir con su nuevo grupo de amigos, entre los que estaban un par de chicos, primos de Isa, que venían cada año de Córdoba. Ya lo tenían planeado. Estaba emocionada. Lo que no sabía es que su madre le tenía preparada una sorpresa. Se lo dijo después de la cena, mientras la ayudaba a secar los platos.

—Alma, mira —le dijo—, he ahorrado estos tres últimos meses un poquillo, y adivina qué. Vamos a ir a la tienda esa de Córdoba que tanto te gusta a comprarte tu ropa para la feria…, para que estrenes, porque ya te ha quedado chico lo poco que tienes… ¡Te voy a llevar al Zara!

—¿Qué? ¿De verdad, mamá? ¿De verdad? —Alma no daba crédito a aquella noticia.

—Es que te he visto mirar ese vestido del escaparate un par de veces cuando pasamos, el de los cuadros..., ¡y a mí es que me parece tan bonito también!
—¿Vas a comprarme ese vestido?
—Ese y otro más, mi niña. Por lo menos dos. ¡Y unos zapatos! —Su madre estaba casi tan emocionada como ella.
—Mamá, ¿no será muy caro? Que yo nunca me he atrevido a entrar, que solo he visto el escaparate.
—Vamos y vemos qué podemos comprar. Que para eso tu madre ha estado ahorrando lo de las naranjas. Además, es tu cumpleaños en agosto y te lo mereces por ser una hija tan buena... ¡y trabajadora!

Con este gesto, Alma se dio cuenta de que su madre había olvidado totalmente ya las habladurías del lago, y esta era, quizá, su manera de decirle que confiaba más en su palabra que en los chismes de la gente.

—Mamá, ¿cuándo?, ¿cuándo? ¡Gracias! —preguntó, ansiosa.

—Pues nada, voy a comprar el billete del autobús y mañana mismo vamos. Nos levantamos temprano y, cuando abran la tienda, ya estamos allí las primeras. ¿Está bien?

—¡Pues claro que está bien, mamá! ¡Hoy no duermo! ¡Gracias!

Alma le dio un beso a su madre con emoción. El corazón le saltaba en el pecho de la alegría. Comprar ropa para la feria también significaba tener cosas nuevas para las fotos y los castings, y eso la hacía feliz. Esa noche, efectivamente, casi no durmió viendo fotos de revistas, pensando en cómo sacar el mejor provecho del presupuesto ajustado que tenían para las compras.

Al día siguiente, recorrieron los dos pisos del local con paciencia, miraron precios y tallas y luego Ángeles esperó fuera de los probadores, cargada con un montón de ropa de todos los colores. Alma iba desfilando por el pasillo con las prendas, combinándolas y aplicando todo lo que había aprendido de estilismo con sus compañeras de la academia.

—Guau, su hija debería ser modelo, señora —le dijo una de las chicas que la ayudaba en el probador.

Ángeles sonrió en silencio, con algo de orgullo. Alma pensó en lo que podía querer decir esa sonrisa. Tal vez, en secreto, Ángeles creía que el sueño de su hija era mucho más que eso. Tal vez, en secreto también, estaba segura de que su niña verdaderamente tenía madera para desfilar como las chicas de las fotos de la tienda. Tal vez sintiera una mezcla de felicidad y miedo por ella, porque sabía que no encajaba en el estrecho mundo de Hornachuelos, que tenía un largo camino por recorrer y que, probablemente, debería marchar a una gran ciudad para triunfar en ese mundo. De lo que Alma no dudaba es que ese mundo era desconocido para Ángeles y su padre, así como para todo su entorno. ¿Quién la cuidaría?

—¡Este es el que más me gusta! —gritó Alma, emocionada, con un vestido negro de tiritas sencillo que mostraba sus largas piernas—. Y el de cuadros rojos.

Era algo atrevido, pero Ángeles pensó que su hija merecía ropa que le quedase bien. Si no era ahora, ¿cuándo lo haría?

—Ese será —dijo la madre—. ¡Vamos a pagar!

El día de la feria, Alma se puso el vestido negro cortito, unas sandalias, también compradas en Zara, y se alisó el pelo mientras escuchaba música. Su madre, como había hecho durante toda su vida, la acompañó a la puerta de la casa y allí se quedó mirándola hasta que la perdió de vista.

—Ay, mi niña, que Dios te libre de los malos ojos —repetía siempre Ángeles mientras su hija se alejaba.

Alma, por primera vez, caminó ignorando las miradas de las gentes del pueblo y fue directamente al encuentro con su grupo. Entre ellos estaba Álex, uno de los primos cordobeses de Isa. Era alto y delgado, tenía el pelo negro y desordenado y los ojos oscuros, con un aire gitano que a Alma no pudo menos que hacerle sonreír tímidamente cuando su amiga se lo presentó. Alma se dio cuenta de que no le quitaba la vista de encima y no se separó de ella en casi todo el día.

Jessica, cómo no, también le había echado el ojo a Álex. La pilló tocándose el pelo con coquetería y hablando demasiado alto, como siempre hacía para llamar la atención. Alma la ignoró esta vez. Álex y ella se fueron a los cacharritos y los dos se rieron sin parar; se lo estaba pasando como nunca. Era verdad que a Alma el romance no le quitaba el sueño, pero era la primera vez que se sentía a gusto con un chico, y él fue muy amable con ella. Así que se apartaron a ratos del grupo para conocerse mejor. Después de un par de horas, no volvieron a ver a Jessica y Alma se sintió aliviada.

Subieron a la noria y hablaron bastante mientras la rueda daba vueltas en el aire. Él le contó cómo eran las ferias de Córdoba, que duraban varios días, sobre los paseos en carruaje de caballo y los tablaos flamencos repartidos por toda la ciudad. Alma le confesó que Córdoba era su ciudad favorita y se atrevió a contarle su trabajo como modelo. Y ella sabía que los ojos le brillaban y se veía más bonita cuando hablaba de eso, porque él la miraba anonadado. El mejor momento fue cuando Álex le dio la mano para bajar del carrito. Ella sintió esas mariposas en la tripa de las que tanto había oído hablar pero que jamás había tenido. No se la soltó mientras caminaban.

—Tal vez podríamos ir a tomar una Coca-Cola una tarde, después de tus clases. Conozco un sitio superchulo, cerca de la judería.

—¡La judería es mi barrio favorito! Me gustaría mucho —respondió Alma con una sonrisa.

Ya vería cómo convencer a su madre de que la dejara ir a tomar algo con él. ¿Salir con un chico? ¿Y en la ciudad? ¿Era posible? ¿Cómo reaccionarían sus padres? La tímida Alma estaba viviendo su mejor momento en esa feria mientras escuchaban «La cosa más bella», de Eros Ramazzotti, y tomaban un batido de vainilla en una banca.

Por un momento, se sintió como en uno de esos videoclips de música romántica que ponían cada tanto en la tele y en donde la cámara giraba en torno a los enamorados. Ella sintió que estaban protagonizando uno. Durante unas horas se olvidó del pueblo entero, de los chismes y del acoso, ni se acordó de las Emes. Pero las Emes no la habían olvidado a ella...

—Oye, ¡supermodelo! —A Alma se le heló la sangre cuando escuchó la voz de Martirio interrumpiendo su idilio, tras una de las casetas de la feria.

Allí estaban las tres de siempre: Martirio, Manuela y Marina, acompañadas de dos chicos grandes. Junto a ellas, para sorpresa de Alma, Jessica.

—Nos han dicho que has estado presumiendo todo el día por ahí, como toda una estrella —dijo Martirio acercándose más.

—¿Quiénes son? —le preguntó Álex a Alma, muy bajito.

Alma apenas lo escuchó. Estaba furiosa por que sus acosadoras hubieran vuelto a buscarla para arruinarle ese día especial. Sintió mucho calor en la cara. Entonces Isa se puso a su lado, apareció en el momento justo.

—¿Ya tienes noviete? —le preguntó Martirio señalando a Álex—. ¿Es tuyo o se lo has robado a alguien más, creída?

Y entonces Alma miró a Jessica, que se había colocado al fondo del grupo, desafiante, y entendió por qué se había unido a las Emes. Martirio se le acercó aún más, encarándola. Estaba demasiado cerca.

—Yo no he robado nada a nadie, Martirio, que eres una enteraílla. Déjame tranquila ya. —Alma se dio la vuelta para irse de allí.

—Ah, ¿no? A mí me parece que al final has aprendido de la querida de tu padre...

Ese comentario tan hiriente no la dejó irse. La ira nació en su interior. Desde lo más profundo de su corazón salió un grito desgarrador y furioso y respondió como nunca antes había respondido a los ataques en toda su vida:

—¡Dejadme en paz de una vez! —gritó, a todo pulmón, mientras extendía el brazo para empujarla lejos de ella.

Salieron de su boca gotitas de saliva que salpicaron la cara de Martirio. Pero su peor pesadilla no se quedó quieta. En su lugar, la cogió del hombro, justo donde estaba la tirita de su vestido, y le soltó una bofetada que le marcó la cara. Alma sintió cómo todo su cuerpo se tambaleaba y se quedaba sorda, aturdida por el golpe. Isa intentó agarrarla por un brazo, pero ella se llevó las manos a la cara. Además, sintió que el tirante del vestido se le había roto con el forcejeo y tuvo que sostenerlo rápido para que no se le cayera y se le viese el pecho. Retrocedió como pudo y salió de allí entre las casetas de la feria, sujetándose el vestido. Ni siquiera quiso mirar a Álex; no sabía cómo se había tomado todo o si había hecho algún ademán para defenderla. No fue consciente de si Isa le dijo algo, si los demás continuaron insultándola o si alguien la siguió, solo deseaba buscar el refugio de su casa.

Corrió sin mirar atrás por las calles del pueblo con los sueños rotos. Ojalá hubiera podido correr hasta llegar a Córdoba, o más lejos, donde no volviera a ver nunca más ni a las Emes, ni a Jessica, ni a nadie de Hornachuelos. ¡No era justo que no se le permitiera ni un instante de felicidad completa en aquel lugar!

—Alma, ya, mi cielo. Ya no llores más —le dijo Ángeles—. Que nadie merece una lágrima tuya, hija mía. Yo misma voy a arreglarte el vestido... y hablaré con los padres de esas niñas.

El chisme del guantazo a la modelo del pueblo corrió a la velocidad de la luz. Alma sabía que le iba a llegar a su madre más temprano que tarde, así que se atrevió a contarle lo que había pasado. No había tenido más remedio. Tenía el corazón hecho un nudo, la cara marcada por el bofetón y el vestido nuevo roto. Estaba cansada y tenía miedo. Se sentía como un gato al que empujaban para sacarlo de un sitio a la fuerza y tenía que caer de pie para no lastimarse. ¿Qué más serían capaces de hacerle? El problema de sus padres había aflorado en la pelea, eso no se lo había dicho. El que mencionaran a la amante fue lo que la sacó por completo de sus casillas. No podía permitir que su madre se enfrentara a las madres de esas niñas —que posiblemente eran tan mala gente como ellas— y acabara también lastimada.

—No pasa nada, mamá —le dijo en un susurro—, mejor no vayas. ¿Para qué?

Cerró los ojos y pidió a Dios con todo su corazón que las sacara de allí pronto, a las dos. Que les diera otra vida en la que no tuvieran que estar todo el tiempo en alerta, protegiéndose de la gente, cayendo de pie. En mitad de ese desasosiego, quiso borrar la bofetada de su cabeza y la llenó con imágenes de la mujer que imaginaba que iba a ser algún día. Una mujer con sueños cumplidos, respeto ganado, recorriendo las mejores pasarelas del mundo, con su foto en las mejores portadas, una mujer con muchas ganas de reír, pero sobre todo con muchas ganas de vivir… Mientras le caía un lagrimón por la cara, fue capaz de sonreír.

Alma pensó en Albert Camus y lo entendió todo. A pesar del dolor y la tristeza, y en mitad de ese «invierno» que había durado tantos años, se dio cuenta de que había dentro de ella un verano invencible.

6
Depende, ¿de qué depende?

En el coche, rumbo a su nueva ciudad, con el maletero lleno de cosas, Alma intentó ordenar sus pensamientos. Se sentía en medio de un tsunami que llegó de pronto y arrasó con todo lo que había sido su vida hasta ese momento. En su mente analizaba una y otra vez la noche de la feria con Álex... ¿Qué había hecho mal? Se sentía realmente avergonzada. La habían humillado muchas veces, pero nunca le había dolido tanto. Todo era como una película de terror acelerada: los gritos, los insultos, el guantazo... Recordó la mañana después de la bofetada, cuando abrió los ojos. Su madre, en el borde de su cama, le acariciaba el pelo. Se miraron fijamente y empezaron a llorar a la vez. No habían sido fáciles para ellas esos últimos años en el pueblo. Ángeles no sabía todo lo que Alma había estado sufriendo en la escuela, y la hija tampoco intuía cuánto había pasado su madre en silencio. Era obvio que tenían mucho dolor acumulado. Dolor que las dos habían mantenido en secreto, quizá para protegerse la una a la otra.

—Esto también pasará —le repetía Ángeles una y otra vez—. Te juro, cariño, que también pasará.

Así era. Todo pasaba. Y todo llegaba también.

Unos días después oyó a su padre, que la llamaba desde el salón de la casa.

—¡Alma! ¡Alma! ¡Ven rápido, hija!

Desde la feria Alma se pasaba el día sentada en la ventana de su cuarto con la música apagada. Desde allí se veía la huerta del vecino con los árboles cargados de naranjas. Estaba triste, con la mirada un poco perdida, lloraba sin parar. Antes de salir del cuarto, se revisó la cara en el espejo; ya no tenía la marca del golpe, por suerte había desaparecido. No quería por nada del mundo que su padre la viera y se enterara de la pelea..., si es que no lo sabía ya. ¿Quizá la llamaba por eso? Mientras caminaba hacia la sala, tuvo mucho miedo.

—¿Qué pasa, papá?

Su madre estaba sentada en una silla y su padre en otra. Los acompañaba Rosario, la vecina cotilla, que estaba en casa echando el fresco con su madre cuando Mariano llegó con la nueva noticia, y parecía que se había sentido con la confianza para quedarse y ser parte de esa reunión. Se mostraban todos bastante serios; Rosario especialmente atenta a lo que el padre de Alma tenía que decir.

—Alma, siéntate, hija. Hay algo que tenemos que hablar.

Mientras tomaba asiento, Alma estaba convencida de que su padre se había enterado de lo ocurrido. ¿Se lo habría contado su madre? Lo dudaba, Ángeles había sido su mayor guardasecretos toda la vida. Siempre estaba de su lado. Y la vecina, ¿qué hacía ahí? ¡Seguramente ella le fue con el chisme! Estaba nerviosa, no sabía cómo podía reaccionar su padre si descubría que le habían pegado. El silencio antes de que empezara a hablar se le hizo eterno.

—Mira, mi niña, me han ofrecido un trabajo en otra ciudad. Y lo he estado pensando mucho... Creo que es importante que lo hablemos. Sé que tú tienes tus amigos, que tienes tu vida y que eres feliz aquí.

«¿Feliz? ¿Aquí? —pensó Alma—. La última vez que fui feliz aquí me sacaron la felicidad a bofetadas». Estaba claro que su padre no sabía nada de lo acontecido en la feria ni de lo que ella había estado pasando durante todos esos años. «Feliz» era la palabra que menos se acercaba a definir los últimos tiempos en el pueblo. Si acaso, apenas había estado sobreviviendo. Miró a su madre por un instante y se dio cuenta de que, como ella, estaba conociendo en ese momento también los planes de mudanza. Así que le sonrió ligeramente a él, asintiendo, para que continuara y las pusiera al corriente cuanto antes.

—Nosotros somos gente de pueblo, yo lo sé, y Toledo es una ciudad muy grande. Esto me ha llegado sin buscarlo, pero es una buena oportunidad... Si tú quieres quedarte aquí, con tu gente, en tu casa de siempre, yo rechazo esa oferta de trabajo...

—¿Toledo? —lo interrumpió—. Eso está lejos de Hornachuelos, ¿verdad?

—A cinco horas y pico. Es lejos, mi niña. Es un gran cambio... Pero nos vendría muy bien el dinero extra de este nuevo trabajo —agregó.

Parecía que su padre se estaba disculpando por ofrecerle la posibilidad de irse de allí. No tenía ni idea de todo lo que estaba ocurriendo dentro de Alma. Su interior era un torbellino..., pero con final feliz. Lo estaba procesando aún, pero eso era lo que más quería en el mundo: un nuevo comienzo, empezar desde cero. En el fondo de su corazón, siempre tuvo la certeza de que eso llegaría en algún momento, pero que fuera justo entonces, cuando el mundo se le estaba cayendo encima, la había cogido por sorpresa.

—Ay, pero, Mariano, no, no, no. ¿Cómo te vas a llevar a la chiquilla de aquí, con lo bien que se vive en el campo, respirando aire puro? No, no, ¿a una ciudad tan grande? ¡Con tantos peligros! —chilló la vecina—. ¡Adónde vais a ir! Si en vuestra vida habéis salido de Despeñaperros p'arriba. ¡Qué locura, Virgen santísima! La niña a un instituto nuevo, sin conocer a nadie, sin...

Alma se levantó de la silla disparada como un cohete, interrumpiendo a la vecina.

—¡Papá, sí! ¡Vámonos! ¡Vámonos ya!

Se hizo un silencio absoluto. Los tres adultos miraron a Alma, impresionados con su entusiasmo repentino.

—¿Estás segura? —le preguntó el padre—. Mira que luego no hay vuelta atrás.

—Oyeee, pues ¡cualquiera diría que te ha tratado muy mal el pueblo, criatura! —soltó, dolida, la señora, que seguía interrumpiendo la conversación familiar—. Pues escucha bien lo que te voy a decir: ¡más vale lo malo conocido que lo bueno por conocer!

Alma miró a la vecina y pensó: «Y a esta señora, ¿quién le habrá dado vela en este entierro?». La ignoró y fue hacia su padre para reafirmarle su deseo de irse ya mismo.

—Sí, papá, estoy segura... Quiero irme a una ciudad grande, quiero salir de aquí, quiero conocer amigos nuevos... —Y en voz más alta y firme agregó—: Los cambios son buenos para todos.

El padre suspiró, aliviado. Pero no había persona en tres kilómetros a la redonda más aliviada que Alma.

—Ea, pues no hay nada más que hablar. Aquí se hace lo que mi niña diga. —Y le plantó un beso en la frente—. Mañana mismo llamo al hombre que me quiere contratar y le digo que sí a todo.

Alma abrazó muy fuerte a su padre. Para sí misma, en su cabeza, repitió: «Gracias, gracias, gracias». No solo a su padre, al universo, al cielo, a Dios, a quien le hubiese ofrecido ese trabajo, sino también a quien fuera que les estaba abriendo la puerta para salir de allí como había estado esperando cada día de su vida.

Se volvió hacia su madre. Reparó entonces en que a ella nadie le había preguntado su opinión. Pero Ángeles estaba contenta de ver a su hija tan feliz, especialmente después de lo tristona que había estado durante los últimos días. Le sonrió con sus ojos pequeñitos llenos de luz, en señal de solidaridad y comprensión. Alma pensó que también para ella sería un alivio alejarse del pueblo, de la sombra de la mujer de la melena y de las habladurías de todos sobre ellos. Tal vez habría una segunda oportunidad para su matrimonio en esa nueva vida en otra ciudad. Sí, su corazón le decía que irse a Toledo iba a ser bueno para todos.

Alma miraba por la ventana del asiento de atrás del coche mientras se alejaba de ese paisaje que era el único que había conocido en toda su vida. Las cuevas de las carretas, las montañas, los naranjales, las encinas y los olivares, todo se iba desdibujando poco a poco, dejándole un sabor amargo. Estaba orgullosa de ser meloja, le gustaba presumir de que era cordobesa de pura cepa, se sentía especial por ser del sur de España —aunque no conocía mucho más que su tierra—, pero, desde hacía demasiado tiempo ya, el amor que tenía por Hornachuelos se había transformado en dolor.

No solo le dolía lo que había pasado con Martirio en la feria y los repetidos ataques de las Emes, le dolían muchas otras cosas: los chismes que la perseguían por todos lados, sentirse siempre observada, juzgada y fuera de lugar, que todo el mundo la hiciera sentir como si ni ella ni sus sueños perteneciesen a donde le había tocado nacer. Le dolía que, de las muchas veces que fue atacada, nunca nadie más que sus padres se hubiera atrevido a defenderla. Le dolía haberse ilusionado por primera vez con un chico y que hubiera sido testigo de la humillación y agresión, y no solo que no hubiera salido en su defensa, sino que nunca más supiera de él.

No volvió a hablar con Álex después de la bofetada. Tampoco con Isa. Ella vino a buscarla al día siguiente, pero Alma le pidió a su madre que le dijera que había salido. No estaba lista para hablar de lo ocurrido. Sentía una mezcla de vergüenza y tristeza; aunque sabía que su amiga tampoco tenía la culpa de nada, ella estaba muy dolida. Le habría gustado despedirse de ella. Alma no volvió a salir de casa hasta el día que se fueron del pueblo.

Una vez su padre le dio la noticia de la mudanza, solo anhelaba dejar todo y a todos atrás. Las Emes, las marujas, el pueblo... y sí, incluidos esos amigos que habían mostrado con ella una doble cara. Durante su infancia y parte de su adolescencia no esperó mucho de Inés ni de otros chicos, pero algo dentro de ella le decía que así no era la amistad, que encontraría amigos que fueran apoyo, consuelo, contención. Lo había intuido, pero ella no estaba bien, porque tenía la autoestima por los suelos, aunque también sabía que Manolo e Isa habían sido, muchas veces, un bálsamo para ella.

«¡Que increíble es la vida! —pensó—. Justo cuando ya no puedo más, aparece, por arte de magia, la oportunidad de irme lejos de aquí. Gracias, Dios. Gracias».

Estaba segura de que algún día regresaría a Hornachuelos, de visita, y haría las paces con ese pueblito rodeado de los olivos más bonitos del mundo. La verdad es que extrañaría el olor a azahar por las mañanas y a jazmines por las tardes, el acento y la alegría del andaluz, los veranos de cuarenta grados a la sombra y las tapas de caracoles con yerbabuena. No obstante, estaba ansiosa por la vida que le esperaba en Toledo.

—Pon este casete, papá —le dijo al tiempo que le entregaba uno de mezclas que había grabado de la radio.

Esta vez no iba de copiloto ni manejaba la radio directamente porque era su madre quien ocupaba ese puesto. Su padre conducía hacia su nuevo destino. Sonó «Si tú no estás aquí», de Rosana Arbelo, y cerró los ojos para poder escucharla mejor. Evocó el instante de ilusión que tuvo con ese chico, con Álex, y sintió una punzadita en el pecho. Prefirió creer que no estaba preparada para eso. Se entregó a descansar y a disfrutar del viaje. O lo intentó... al menos.

De pronto en su cabeza la gran pregunta tomó forma, la pregunta que la ayudó a olvidar la pelea y que se impondría durante los próximos días: ¿y qué pasaría con la pasarela? ¿Podría seguir con su sueño en Toledo? Porque era obvio que, estando a cinco horas de distancia, ya no podrían viajar a Córdoba para seguir en la academia. El estómago le dio un vuelco.

—Papá, mamá..., ¿y habrá agencias de modelos en Toledo? Es una ciudad más grande y más moderna, ¿no?

—Pues no tengo ni idea, mi niña. Pero ya averiguaremos y encontraremos qué hacer —respondió él.

Su madre solo extendió una mano para ponerla sobre la suya y darle calma y la seguridad de que la seguirían apoyando para encontrar el camino y continuar formándose en la que quería que fuese su carrera. Estaba más convencida que nunca. Desfilar era lo que le había dado vida esos últimos años y albergaba la confianza de que si la idea de ser modelo se había instalado en su cabeza era porque el universo tenía toda la intención de ayudarla a conseguirlo. Y todo lo que había pasado, de manera tan oportuna, habría de ser una señal.

Le habían dado un guantazo en la cara, sí, pero eso ya se había quedado atrás, como Hornachuelos. En unas horas llegaría a otra ciudad donde podría comenzar desde cero, sin las Emes. No le daba miedo, pero sí un poquito de ansiedad. Se le abría una puerta gigante y totalmente inesperada para que diera un paso más hacia ese sueño. El susto en la tripa estaba allí, con ella, acurrucado en el asiento trasero del coche, y algo le decía que no se iría durante unos cuantos días. Al rato, se quedó dormida.

Cuando despertó, el paisaje había cambiado por completo. Ante ella emergió una imponente ciudad imperial, totalmente amurallada, que parecía paralizada en ese tiempo donde todavía existían princesas y caballeros con armadura. Era una imagen de un cuento de hadas. Ese era el sitio donde iba a vivir ahora.

Instalarse en Toledo fue rápido y fácil, la casa nueva ya estaba amueblada. La ciudad era mucho más grande que Hornachuelos y más poblada que Córdoba, pero ellos vivirían en una casa rural rodeada de olivos, en las afueras. Alma recordaría esos años como los más tranquilos de su vida, y vaya si le hacía falta esa paz, tanto a ella como a su madre.

A los pocos días de llegar, su tía Carmen, que vivía en Madrid, los visitó. A Alma le gustaba su presencia y le encantaba que hiciera compañía a su madre. Carmen no era tía de sangre: se había casado con un primo de su padre, pero, como también era sevillana, igual que Ángeles, congeniaron bien y entablaron amistad. Venía siempre con noticias de la capital, les llevaba revistas y era más moderna y avispada que las señoras de su pueblo. Ahora que estaban a apenas una hora, se verían mucho más a menudo. A Alma le emocionaba que solo unos cuantos kilómetros la separaran de Madrid, ya que la capital se perfilaba con ilusión en sus sueños de ser modelo.

Mariano trabajaba todo el día en la finca. Ángeles estaba ahora casi siempre en casa, así que madre e hija se unieron aún más. Con el tiempo, Ángeles hizo migas con otras señoras con las que coincidía en el mercado y echaban alguna que otra mañana de cotilleo. Pero no había vecinas que fuesen a casa a chismorrear o a meterse en las decisiones de la familia. Vivieron tranquilos y fuera del foco durante unos cuantos meses, y Alma sintió que no les iba a venir nada mal.

La mañana en la que cumplió los dieciséis años Alma se levantó ansiosa, con la sensación de que el tiempo se le caía encima: a esa edad muchas modelos, como Schiffer, habían obtenido su primer trabajo importante. Ella, en cambio, vivía en medio del campo, rodeada de pollos y gallinas y, aunque estaba agradecida por haber salido de Hornachuelos, no veía que la mudanza a Toledo la ayudara a acercarse a su destino. Decidió contarle sus miedos a su madre.

—Ya voy tarde, mamá —le dijo, con la mirada perdida en el horizonte y un suspiro.

—¿Tarde para qué? Pero ¡si eres una niña!

—Bueno, mamá, depende de cómo lo mires… Hay modelos que a mi edad ya estaban viajando a Milán o a París.

—Te queda la vida entera para llegar allí. Sigue preparándote, ya encontraremos la manera… Vamos a comprarte una tarta por lo pronto, anda, ¡que hoy es tu día!

—Que no me gustan las tartas de las tiendas con el merengue y todo eso, mamá… Hazme mejor el bizcocho de naranja que tanto me gusta, porfa.

Ese día, mirando el sol al atardecer, se prometió a sí misma que encontraría la manera de retomar la pasarela cuanto antes. Lo que no sabía era cómo, y no parecía que fuese a ser tarea fácil.

En septiembre Alma empezó el instituto y pronto hizo amigos. Esa época transcurrió sin grandes sobresaltos y nadie se burló de ella ni la hizo sentir mal. Su círculo era pequeño y respetuoso, aunque no sabían mucho de ella ni de sus aspiraciones. Alma había aprendido a no hablar de sus sueños, se había vuelto más desconfiada. Prefería protegerse y no llamar demasiado la atención, por lo menos durante un tiempo.

El primer día de curso conoció a un chico con el que casi al instante apreció una conexión especial que tiempo después entendería. Se llamaba Javier y era muy simpático y alegre. Enseguida fue a darle la bienvenida y a entablar conversación. La hizo sentir parte de su grupo, como si la conociera de toda la vida. Un día, durante el almuerzo, hablando sobre una actividad de clase en la que tenían que exponer qué querían estudiar en la universidad, Javier abrió su corazón y le contó cuáles eran sus sueños.

—Yo quiero ser cantante, ya he escrito un par de canciones..., ¿y tú? —le dijo él en confianza—. No se lo digo a mucha gente, porque parece que les hace gracia, pero no sé por qué siento que te lo puedo contar a ti.

—¿En serio? ¡Yo quiero ser modelo! Bueno, ya soy modelo... En Córdoba estaba haciendo desfiles cuando nos vinimos. Sé lo que quieres decir con eso de que a la gente le hace gracia...

—Pues sí... ¿Sabes que a nadie le parece que esas sean carreras «de verdad»? Mis padres insisten en que estudie algo que sí me sirva para vivir —El chico hablaba con tristeza.

—Pufff..., es cierto. Los míos me apoyan, pero también me repiten que primero estudiar y, luego, ya veremos. Al menos siento que creen en mí. En el pueblo nadie lo hacía... No sé si quiero hablar de eso en clase...

—¿Abogados, entonces? —le preguntó él, tratando de establecer un pacto.

—¡Sí! ¡Abogados! —Alma asintió divertida.
Y se echaron a reír. Desde ese momento Javier y ella pasaron mucho tiempo juntos. Sus sueños se convirtieron en el pequeño secreto que compartían.

Alma, por primera vez en mucho tiempo, invitó a un amigo a casa. Javier llevaba su guitarra y así podían pasar horas cantando canciones de Alejandro Sanz, Manolo García, Jarabe de Palo y Mónica Naranjo, su cantante favorita por aquel entonces. Su padre, al que le gustaba tanto la música, estaba encantado con el nuevo amigo de su hija.

Un par de veces se aventuró sola por las calles de la ciudad en busca de información sobre alguna agencia de modelos, como la que había encontrado en Córdoba. No tuvo suerte. En alguna ocasión la miraban con extrañeza cuando preguntaba, como si estuviera buscando algo que nadie entendía. Visitó Zara y las *boutiques* en torno a la plaza Zocodover, en el casco histórico, esperando encontrarse algún día con un desfile, una sesión de fotos, algo... Pero no encontró nada.

Los sábados Alma solía salir con un grupo de chicas del insti por Toledo. Música, ambiente, gente joven por todos lados, universitarios, siempre algún sitio nuevo al que podían acercarse. La ciudad que parecía salida de un cuento medieval era a la vez bastante moderna. La llamaban la Ciudad de las Tres Culturas y Alma entendía por qué: en aquellos barrios, musulmanes, judíos y cristianos convivieron durante siglos allí con sus propias costumbres. La historia toledana era increíble. Por fin, Alma sentía que tenía la vida de una adolescente cualquiera; ya no se ocultaba todo el tiempo en casa, protegiéndose de que alguien viniera a agredirla. ¡Qué distinta era su vida allí! Ahora disfrutaba como la que más.

Empezó a salir de marcha por pubs y discotecas. Le sorprendía que la dejaran entrar a pesar de no tener la edad requerida; lo cierto era que tanto sus amigas como ella aparentaban más edad. Alma disfrutaba cada vez más de estas salidas. Sin embargo, siempre tenía en mente la historia de Claudia Schiffer y deseaba que le pasara a ella: que un cazatalentos la descubriera en uno de esos sitios. Soñaba con eso todo el tiempo, pero no parecía que hubiese cazatalentos en Toledo; ninguno se había topado con ella todavía al menos. Sabía que llamaba la atención, que había chicos que la miraban y comentaban entre ellos. Algunos se acercaban para hablar o para invitarla a bailar; atrás había quedado la idea de que era fea. Pero ella sentía que no era el momento de volverse a ilusionar con nadie y tenía la mente puesta en una sola cosa: trabajar como modelo.

Con el empleo de su padre en Toledo, el poder adquisitivo de la familia mejoró, así que Alma se animó a pedirles que la llevaran a un dermatólogo para tratarse las marcas que el acné le había dejado en la cara. Lo deseaba desde hacía mucho tiempo, desde la aparición de los primeros granos que tanto le afectaron. Si podía desfilar de nuevo, sería una mejoría para su imagen.

En las Páginas Amarillas, aquel libraco gigantesco de la compañía telefónica que tenía todos los servicios de la ciudad, buscaron dermatólogos. De entre todos escogieron a uno: el doctor Bustamante.

En la primera revisión el médico le recetó un tratamiento para el que tenía que ir una vez a la semana a la consulta con el que poco a poco se irían eliminando las capas de la piel que estaban dañadas, un *peeling*. El tratamiento no costaba tanto como en Córdoba, y además ahora podían costearlo un poco mejor, pero decidieron comprar el paquete de sesiones y pagarlo por adelantado para que saliera mejor de precio. A Alma le ilusionaba saber que su piel mejoraría. Aunque entonces se sentía mucho mejor con su imagen y ya no temía las burlas, sabía que lo necesitaba.

El doctor Bustamante debía de tener cuarenta y tantos años. Era bastante conocido y tenía siempre una fila de pacientes en la sala de espera, lo que a la familia le hizo pensar que era un profesional respetable. Cada vez que iban, les tocaba esperar un rato. Alma aprovechaba el tiempo y llevaba las tareas de clase para repasar. Cuando les llegaba el turno, las hacía pasar a ella y a su madre. Así fue las dos primeras veces.

—¿Eres modelo? —dijo él, revisando su historia.

—Sí —le contestó Alma—. Bueno, lo hemos puesto porque en la academia de modelos donde estaba, en Córdoba, también nos veía una dermatóloga y me recomendó unas cremas para el acné.

—Ah, ¿sí?, ¿y de qué eres modelo? ¿De biquinis?

A Alma le pareció un poquito rara esa pregunta.

—De ropa, todo tipo de ropa.

—Y... ¿tienes novio?

—Eeeh..., no...

—Que la niña está muy chica para esas cosas, doctor —intercedió Ángeles.

—Chica no, señora. ¡Vamos! Que tiene ya dieciséis años..., que a esa edad ya está pa buscarle un buen novio. Y siendo tan bonita...

—¡Uy! Pero ¿cómo dice eso? ¡Los novios para después! —le respondió la madre, un poco cortante.
—Bueno, yo solo digo lo que veo... Vamos a examinarte bien, Alma. Siéntate en la camilla.
La joven se sentó obediente y el doctor la auscultó. Le hizo algunas preguntas personales acerca de su periodo y si había tenido relaciones sexuales. Ella no entendía por qué un médico de la piel le preguntaba todo aquello, pero, como su madre estaba con ella, contestó, tranquila, que no. El doctor Bustamante no le quitaba los ojos de encima, pero no solo le miraba la cara, sino que se le iban los ojos hacia el escote. Alma sintió que invadía su intimidad, pero calló. En la tercera sesión, el dermatólogo le pidió a su madre que se quedara en la sala de espera.
—Estás muy bonita hoy —le dijo al entrar.
Alma dudó, pero dio las gracias para no ser una maleducada. Además, por desgracia se había acostumbrado a recibir más críticas que halagos. Los piropos del doctor la pusieron un poco nerviosa, se sintió rara, pero pensó que tenía más que ver con ella y su sentimiento de culpa.
—Vas mejorando... —le dijo—. Creo que deberíamos aumentar el tratamiento, quizá convendría que vinieses dos veces por semana. Puedes hacerlo después de salir del instituto, te acercas directamente a la consulta y así no hace falta que tu madre te acompañe.
El médico pasó sus manos por la cara de Alma. No se había puesto el guante en una de ellas. A ella le incomodó un poco. El hombre siguió con la aplicación del tratamiento y, cuando ya estaba terminando, le dijo:
—Estás muy callada y seria... Con lo bonita que eres cuando sonríes.

Después de ese comentario la joven sintió menos ganas de sonreír que nunca. Se quedó en silencio el resto de la cita.

—A mí me parece que no estás acostumbrada a que te digan lo bonita que eres, muchacha. —El doctor Bustamante habló en un tono un poco más serio—. Si yo tuviera diez años menos, no te dejaría escapar.

A Alma se le revolvió el estómago. ¿Qué quería decir con «no te dejaría escapar»? ¿Estaba bien todo eso que le estaba diciendo el médico? ¿Era un piropo? ¿O se había pasado de la raya? Y si era normal, ¿por qué le daba tanta grima?

El médico le entregó una receta y le pidió a su secretaria que la anotara en la agenda para dos días después. Alma no tenía ganas de volver, mucho menos sola, pero no podía decírselo a su madre porque habían pagado el tratamiento por adelantado. Faltaban seis sesiones, y no estaban las cosas como para perder ese dinero. Durante el camino de regreso guardó silencio.

Al día siguiente, llegó la tía Carmen para pasar un par de días con ellos. Por la noche, ocurrió.

—Mañana vamos por la tarde al Mercado de Abastos, ¿verdad? Me quiero comprar el chal que vi el otro día —dijo la tía.

—Es que yo tengo que acompañar a la niña al doctor de la cara, Carmen.

Alma recordó la conversación de la cita anterior.

—Mamá, es que no te he dicho…, el doctor dice que no vayas, que puedo ir yo al salir del instituto —le dijo, dudando un poco.

—¿Eso te ha dicho? —le preguntó su madre, extrañada.

—Sí..., pero la verdad es que yo no quiero ir sola...

—Pero ¿cómo vas a ir sola? Y ¿por qué ha dicho eso el médico ese? —interrumpió la tía Carmen.

—No lo sé... Tal vez para no molestar a mi madre.

—Anda, ¿y a ti te da confianza ese doctor? —increpó Carmen a Ángeles.

—Pues es muy conocido y tiene muchos pacientes —dijo su madre, un poco insegura—. Será por algo, ¿no?

—Tía, la verdad, a mí no me gusta cómo me mira... ni las cosas que me dice.

—A ver, ¿y qué te dice? —Alma se calló durante unos segundos, nerviosa—. ¡Habla ya, hija! ¿Qué es lo que te dice?

Alma no sabía si había hecho bien en decirlo, pero ya no se podía echar atrás.

—Que soy muy bonita, me pregunta que si desfilo en biquini..., y que si él tuviera algunos años menos...

—Que si tuviera algunos años menos ¿qué...? —Carmen la interrumpió, molesta.

—No sé..., que si tuviera algunos años menos no me escapaba..., y cosas así...

La tía puso los ojos como platos.

—Pero ¿qué se cree el tío ese? ¡Es un viejo verde!

—Carmen, si tampoco es un viejo, es un muchacho... Es más joven que nosotras... Yo no veo la malicia, lo que pasa es que la niña es muy linda y el hombre se da cuenta —le respondió Ángeles, aparentando tranquilidad.

—Pero un viejo para la edad de la niña, Ángeles. ¡Y a ella no le gusta, no se siente cómoda! ¡Piensa mal y acertarás! Mira que así empiezan las historias de... ¡abuso! ¡Y esas cosas que luego salen en el telediario! —le estaba costando hablar de aquello.

Al oír eso, a Alma le dolió el estómago de nuevo. Se hizo un silencio incómodo entre las tres. Se notaba que Ángeles empezaba a pensar que Carmen tenía razón. Esta se calmó un poco.

—La niña no debería ir más allí con ese hombre. Y mucho menos sola —agregó—. En Madrid han cogido hace poco a un médico que hacía lo mismo con jovencitas como ella. Hombre, que abusaba de ellas... Cuidao, cuidao, ¿eh? ¡Que esos son lobos con piel de cordero!

Alma estaba muy avergonzada y hasta se sentía un poco culpable. Lo que decía la tía era bastante grave... ¿Estaría exagerando la situación? ¿Habría malinterpretado al doctor?

—Mamá, yo sé que hemos pagado ya todo el tratamiento. No podemos perder ese dinero. Yo voy a ir, pero contigo... Así no me dirá cosas ni me pasará nada de lo que dice la tía Carmen —se disculpó Alma.

Ángeles lo pensó, muy seria.

—Pues quizá tu tía tiene razón... No te preocupes, que el dinero se recupera... No le vamos a decir nada de esto a tu padre porque se volvería loco, pero ya veremos cómo lo arreglamos —dijo su madre, conciliadora.

—Ya se nos ocurrirá algo, tenemos que hablar con la secretaria y pedirle que nos devuelva el dinero, pero ¡la niña no vuelve a ese lugar! ¡No, hombre, no! Nos encargamos las adultas de todo esto... Vamos, que este marrón nos lo comemos juntas —les dijo la tía a ambas, poniendo las manos sobre las de ellas para tranquilizarlas.

Alma supo que ya no volvería a la consulta y que no debía confiar fácilmente en un extraño, aunque fuese médico. Pero no podía dejar de darle vueltas: ¿había provocado ella toda esa situación tan incómoda? Intentó recordar cómo iba vestida en cada una de las revisiones. Trató de calmarse y se dijo a sí misma: «Tú no has hecho nada, Alma, tú no tienes la culpa». Pensó también en las marujas del pueblo, en lo que comentaban sobre las modelos y los señores que intentaban propasarse con ellas. Después de todo, tenían un poquito de razón, esas cosas sí pasaban en la realidad, solo que algo le decía que no tenía que ver con ser modelo o actriz, sino con ser mujer.

Al día siguiente, Ángeles y Carmen llegaron con el chal que habían comprado y con el dinero del tratamiento que les habían devuelto en mano.

—Mamá, tía..., ¿en serio que el doctor os ha devuelto el dinero? —preguntó Alma, incrédula.

—Verás, Alma, estos abusones, cuando los miras de frente y les dices cuatro verdades, se acobardan y salen corriendo con el rabo entre las piernas —le dijo la tía Carmen, pavoneándose.

—Ay, mi niña, qué bochorno he pasao. La Carmen se ha enfrentado al doctor. Eso sí, a puerta cerrada, porque con la cantidad de pacientes que había en la sala de espera, se hubiera armado la de san Quintín... —le contó su madre.

—¡Y no le ha quedao otra que devolvernos la pasta! Porque, si no, ¡se la hubiera armado gorda! —continuó Carmen en tono amenazante.

—A mí me ha dado mucha vergüenza..., pero creo que ella tenía razón, porque el tío ese se puso mu nervioso. —Ángeles hablaba en voz baja, como si hubiera alguien que pudiera escucharlas.

—¡Claro que tenía razón! —se reafirmó Carmen—. Que le vio las orejas al lobo, Ángeles. Y tú óyeme, niña,

¡que no te pase más esto, eh! Que con lo mona que eres, te vas a encontrar con mucho hombre como ese. Pero tú, ¡sin pasar ni una y parándolos en seco a la primera que te digan! ¡Que contigo no se mete nadie!

Alma asintió a cada una de las advertencias y los consejos de la tía Carmen. No sabía ni qué decir. Las miraba a ella y a su madre y se daba cuenta de lo diferentes que eran. Su madre, siempre discreta, apenada por hacer mucho ruido o pensar mal. De ella había aprendido a ser observadora y a discernir cuándo era mejor quedarse callada; y la tía..., bueno, la tía era otra cosa... Siempre alerta y suspicaz, con un toque de malicia y picardía, esas que Alma sabía que tenía que desarrollar un poco más. Le gustó que fueran tan distintas y tan necesarias en ese momento de su vida, y poder aprender tantas cosas de las dos. El tratamiento de su piel tendría que esperar unos cuantos años más.

Con excepción de lo ocurrido con el dermatólogo, Alma disfrutó de una vida tranquila y feliz en Toledo. Sacaba notas excelentes, tenía amigos y una vida social activa. Los chismes y habladurías, si es que los había, no llegaban a la finca donde vivían. Como mucho, leían algo en el *Hola* o en el *Diez Minutos*, que su madre compraba una vez a la semana.

Se acercaba el momento de que la época del instituto llegase a su fin, y Alma pensaba que tenía que elegir una carrera. Como decía su amigo Javier, para sus padres sería inaceptable que se centrara tan solo en una carrera artística, debía sacarse un título universitario. Le pareció que Periodismo era la mejor opción porque podría complementarla con su sueño de modelo y, además, orientar la carrera para formarse en periodismo de moda o de entretenimiento en la televisión. La oferta universitaria de Toledo no le ofrecía esa opción, por lo que tendría que buscarse la vida en Madrid. Y eso es lo que ella quería en realidad: la capital se perfilaba como el lugar donde podría hacer realidad su sueño de ser modelo. Lo lograría mientras estudiaba una carrera interesante.

Pero faltaba más de un año para eso, y Alma no había avanzado mucho en el mundo de la moda. Iba a cumplir diecisiete años sin haber logrado nada. Así que continuó investigando sin descanso y, en medio de la oscuridad, apareció una lucecita.

—¿Y por qué no te inscribes en Miss Toledo?

Eso le dijo Javier un día que estudiaban juntos en casa. Encendieron la televisión y entonces apareció el anuncio de la retransmisión del concurso en el canal local, TeleToledo. Miss Toledo era un gran acontecimiento en la ciudad. Quizá fuera una buena idea presentarse.

Javier la acompañó hasta la revista *Aquí*, la única publicación de Toledo que cubría el concurso. Tras hablar con unas cuantas personas y realizar varias llamadas, les dieron la información y los requisitos necesarios para concursar. El apoyo de su amigo fue fundamental, porque era espontáneo, atrevido y no le daba vergüenza insistir en algo si les iba a aportar información importante. Alma seguía siendo demasiado tímida. Así se enteraron de que debía tener dieciocho años, o estar a seis meses de cumplirlos, y llevar viviendo en Toledo por lo menos dos años. ¡No cumplía ninguna de esas condiciones! Una vez más, fue descorazonador para Alma.

—Preséntate el año que viene —le dijo Ignacio, un periodista de la revista que fue muy amable con ellos.
—Pues sí —dijo, cabizbaja—. No hay otra.
—Depende de cómo te prepares podrás presentarte al certamen. Te doy ese dato...
—¿Depende? ¿De qué depende? —saltó Javier.
—Tienes que presentarse a uno de los concursos preliminares y ganar para poder participar en Miss Toledo —le aclaró él.
—¿Preliminares? ¿Qué es eso? ¡No tenemos ni idea! Explícanos, por favor —le insistió Javier.
—Anotad el número de nuestra oficina y llamadme el lunes, que hoy estoy muy liado, y así os busco más información.

Alma se fue con ese papelito bien guardado. El lunes, como le dijo, llamó al periodista, con sus padres al lado del teléfono, que tomaron nota de todo. Resulta que había al menos seis concursos de belleza para escoger, todos en la comarca. Si ganaba, o si quedaba como primera o segunda dama, iba directa a la final de Miss Toledo. Esa misma noche lo hablaron y Alma estaba que no le llegaba la camisa al cuerpo, pero por la emoción y los nervios. Entre todos decidieron que participaría en Miss Talavera de la Reina, que se celebraba a finales de aquel año. Alma necesitaba un traje de baño y un vestido de sport para concursar. Con lo que tenía en el armario lo podría solucionar.

Llegó el día. Un centro comercial acogía el concurso. Era un certamen pequeño. Alma fue allí temprano, maquillada, peinada y lista. Se aprendió la coreografía rápido —haber estado en ballet tanto tiempo la ayudó mucho—, ensayaron un par de veces y se fueron a cambiar para que el evento pudiese comenzar.

Las participantes desfilaron delante de un público bastante numeroso. Algunas se pusieron muy nerviosas. Alma, que era muy observadora, se dio cuenta de que eran chicas que se habían presentado porque sus padres querían que participaran y las habían convencido u obligado a inscribirse, pero ellas no querían o lo hacían solo para complacerlos. También había visto chicas en la misma situación en la academia de Córdoba y le pareció muy fuerte. Las miraba con mucha pena y se preguntó qué cosas preferirían estar haciendo en ese momento. Quizá sentían lo mismo que ella cuando sus padres querían que bailara y ella lo que deseaba era desfilar.

Otras participantes, en cambio, parecían tener hielo en la sangre. Alma estaba segura de que tenían experiencia, quizá podrían facilitarle algún dato útil de una academia o de una agencia de modelos. «Ojalá pueda acercarme a ellas y preguntarles luego». Pero la timidez de Alma no se lo ponía fácil. En esos momentos deseaba la compañía de Javier, porque seguro que se habría atrevido y lo habría averiguado todo en un santiamén. Al ritmo de «Suavemente», de Elvis Crespo, que era el *hit* de la temporada y sonaba en todas partes, Alma caminó muy concentrada por la pasarela. Vio de reojo cómo sus padres la miraban con cariño, con cara de felicidad y fascinación.

De todas las concursantes, ella era la que menos gente había llevado al desfile para apoyarla. Las demás contaban con todos los miembros de la familia y con muchos amigos, que hasta portaban pancartas para respaldar sus candidaturas. Cuando desfilaba una de esas muchachas, sus allegados rompían en aplausos. Alma tenía a sus padres, solitos pero juntos, y para ella eso era más que suficiente, aunque no hicieran ruido.

Se sentía pletórica porque estaba volviendo a su lugar feliz: ¡la pasarela! Y estaba agradecida a la vida por haberla conducido hasta allí. Si no ganaba, se presentaría otro año, pero sobre la pasarela era donde quería estar. Se llenó de la música, la alegría y el regocijo que sentía en ese momento y lo disfrutó como si ese pequeño centro comercial fuese la place Vendôme de París.

Llegó el momento y nombraron una a una a las tres ganadoras: la segunda dama, la primera dama y, cuando ya Alma sentía que el pecho se le desbocaba de los nervios, escuchó: «Miss Talavera de la Reina y finalista para Miss Toledo es… ¡Alma López!».

Le pusieron la banda, le regalaron un jamón, un cheque por una pequeña cantidad —que le alcanzaría para algún vestido para la final— y le hicieron la chica más feliz de toda la comarca. Los premios eran lo de menos, ¡iba a concursar en Miss Toledo!

La aceptaron en el certamen a unos meses de cumplir los dieciocho años. Mientras algunas chicas de su edad planificaban su puesta de largo, ella miraba las revistas pensando en cómo posar al final de una pasarela. Trataba de recordar todos los concursos de Miss España que había visto. Y ensayaba en su cuarto, una y otra vez, con la música a todo volumen, como si estuviera protagonizando un vídeo musical.

Alma iba a salir en la televisión local. No era algo grande, pero el concurso se emitiría por toda la provincia. Nadie, excepto Javier, sabía que había ganado la preliminar para presentarse a Miss Toledo. Era un buen amigo, le había guardado el secreto. Alma no quería que nadie lo supiera; esto era algo que hacía por ella y para ella. Pero también sabía que podía contar con Javier y decidió apoyarse más en él esta vez. Todavía tenía el recuerdo amargo de esa banda donde ponía MISS BARBIECHUELOS mal escrito con ceras de colores. Miss Toledo era algo muy serio, y lo más importante: si ganara, sería su pase a Miss España. ¿Miss España? Guau, se le aceleraba el corazón a mil por hora solo de pensarlo.

Sentía un gran compromiso de representar a una ciudad que no era en la que había nacido. ¿Sería verdad que nadie era profeta en su propia tierra, como a veces escuchaba decir por ahí a las señoras? ¿Lograría hacer un buen papel como lo había hecho en Talavera de la Reina? ¿La aceptarían los toledanos? Toledo había acogido a su familia con los brazos abiertos. Era feliz allí. El cariño que le tenía a la ciudad era enorme y quería estar a la altura.

Mientras veía caer el sol desde la finca, sentía que estaba preparada para lo que fuera. Miró atrás por un momento. ¿Cómo se habría sentido si hubiera podido concursar en su Córdoba natal? ¿Qué habría pensado la gente de Hornachuelos? ¿La habrían apoyado o se habrían reído de ella? Su pueblo había sido una especie de maestro, exigente y duro, que le había enseñado que no siempre iba a gustar o caer bien a todo el mundo y que encontraría mucha resistencia a lo largo del camino para alcanzar su sueño. Precisamente esa incomodidad que sentía fue la que le hizo soñar. Un sueño que nadie alrededor de ella entendía ni quería entender, que le daba esperanza y alegría de vivir, por muy mal que le fuese el día. Un sueño en el que no podía dejar de pensar, como cuando se le metía una canción en la cabeza. Se preguntaba si no habría soñado con otra Alma si la hubieran tratado bien y se hubiera sentido a gusto y segura en su pueblo de la sierra de Córdoba. Quizá Hornachuelos le enseñó que a veces no encajar también podía ser un regalo. Un regalo de inconformismo, de rebeldía, de soñar con imposibles y de querer llenar la vida de historias fantásticas y bonitas. Y le mostró, por las malas, que allí no iba a ocurrirle nada de lo que quería. Suspiró y se sintió en paz. Al fin y al cabo, como decía Pau Donés en su canción, todo depende del cristal con que se mire. Y ella trataba siempre de ver la vida con el cristal más bonito.

Su madre se sentó con ella ese atardecer.

—Alma, ¿qué piensas?

—Nada, mamá.

—¿Estás nerviosa por lo del concurso?

—Un poco, creo...

—Cariño mío, si ganas Miss Toledo, ¡vas a concursar en Miss España! —le dijo con emoción—. ¿Te has dado cuenta?

Alma suspiró. El sol le dio en la cara, de frente, mientras se escondía en el horizonte...

—Mamá, ¿tú crees que algo así, tan increíble y tan mágico, me puede pasar a mí? —se preguntó, sin atreverse a ilusionarse.

—¿Por qué no, hija mía? ¿Por qué no?

7
«Don't Stop Believin'»

Miss Toledo se celebraba una noche de invierno. Tenía que desfilar con ropa informal, con traje de baño y con traje de gala. Alma y su madre habían dado muchas vueltas por la ciudad para comprar el vestido largo, habían recorrido un montón de tiendecitas comparando precios hasta acabar en una *boutique* pequeña del centro que tenía algunas ofertas que merecían la pena. El vestido no era lo que Alma hubiese soñado para ese momento, pero era lo más bonito que habían encontrado dentro del precio que podían pagar. Tampoco sabían dónde llevarlo para ajustar la cintura. Lo bueno era que con un vestido de ese color, plateado, no tendría que usar muchos accesorios, lo cual les ahorraba dinero en otras compras, y, con lo apretado que era su presupuesto, eso era importante.

En aquellos días Alma también se preparaba en el instituto para los exámenes de selectividad, un paso necesario para entrar en la universidad, así que se repartía el tiempo entre organizarse para el concurso y estudiar para los exámenes. Ya tenía decidido lo que quería estudiar y dónde, pero aún no lo había hablado con su familia: estudiaría Periodismo en Madrid.

Los Salones Beatriz, a las afueras de la ciudad, acogieron la gala. Alma no había cumplido aún dieciocho años. Llegó con su banda de miss Talavera de la Reina, puntual, a la hora a la que habían sido citadas las concursantes, a las cinco de la tarde. A sus padres los sentaron en una mesa redonda al fondo del salón, bastante lejos del escenario.

La retransmisión empezaba a las nueve, cuando muchas de las familias toledanas estarían frente a sus televisores; si recibían la señal de TeleToledo, podrían verlo mientras cenaban. Eso incluía, probablemente, a las familias de sus compañeros de clase y conocidos en Toledo. Alma no dejaba de pensarlo y el estómago se le llenaba de mariposas, ¡iba a salir en la televisión local!

Entonces un escalofrío le recorrió el cuerpo. Pensó que había manejado todo de manera muy confidencial hasta ese momento. En su clase nadie sabía nada sobre su carrera de modelo. Solo Javier, que seguía guardándole el secreto. Pero..., si salía en televisión, seguro que más de uno la vería. ¿Cómo reaccionarían? No quería revivir cómo la habían tratado en la escuela de Hornachuelos por sus aspiraciones a modelo. Por eso prefería que no se enteraran. Cuanto más mantuviera todo en perfil bajo, mejor.

—¡Oye! ¡Miss Talavera! ¡Hey, tú! —Era la tercera vez que la llamaban cuando escuchó esa voz, gritándole insistentemente.

Era uno de los productores del certamen, un poco molesto ya. Alma no se acostumbraba a que la llamaran por el nombre del pueblo en el que había concursado para los preliminares. Probablemente porque no era de allí... Y en ese momento le volvió esa sensación de angustia en el estómago que había tenido antes, la de estar allí como una recién llegada, una especie de impostora.

—¿Sí? Perdona... —le respondió, más espabilada.

—Tienes que estar más atenta cuando te llamen. ¡Que no estamos para esperar a nadie! Esto va a ser televisado y aquí no se pierde tiempo... ¡Anda, vete para allá! Tienes que empezar a ensayar con las demás.

—Claro, voy... —dijo forzando una sonrisa.

Se detuvo a observar el ambiente. Todos los que pululaban por allí, desde los reporteros y técnicos de los canales de televisión hasta los periodistas y fotógrafos de las revistas, parecían muy apurados. Alma tuvo la sensación de que lo que ocurría detrás de las cámaras era bastante menos amable y divertido que lo que luego se veía en pantalla. Pero ella iba a lo que iba. Se fue hacia la sala de convenciones que el hotel había habilitado para que las chicas se cambiaran o se dieran algún retoque mientras esperaban que fuera la hora de empezar.

En Miss Talavera de la Reina, un concurso lógicamente mucho más pequeño que aquel, no había tenido tiempo de escuchar rumores ni comentarios de las otras concursantes. Todo había ocurrido muy rápido. Pero en el camerino improvisado esta vez escuchó algunas cosas mientras se acababa de arreglar.

—¡Puf! Es que con ese traje, la de Vargas se cae en mitad del desfile seguro... ¡No puede ni caminar! ¡Le queda larguísimo!

—Ya, se lo podrían haber arreglado.

—¿Y el peinado de la de Illescas? ¡Qué horror! Es que se ve tan de pueblo...

Alma suspiró. Seguro que allí no había nadie más «de pueblo» que ella. Se miró en el espejo y comparó su peinado con el de las demás. Llevaba el pelo suelto y liso, como siempre. Pensó que era tendencia, actual.

—He escuchado que la chica de Torrijos está emparentada con el alcalde, seguro que le dan algo, aunque no es tan guapa..., o igual hasta gana..., nunca se sabe.

—A mí me han dicho que a quien le dan la banda que patrocina los jamones Navidul siempre es la que se corona como miss Toledo, tía. Tenemos que estar atentas...

Y así, Alma, ante tal avalancha de comentarios sin escrúpulos, por más que intentaba estar segura de sí misma y de lo que estaba haciendo, se sentía vulnerable ante las posibles críticas. Algunas chicas eran amables con ella, otras se mostraban centradas en sí mismas y no se acercaban a nadie. Quizá eran tímidas como ella o quizá no estaban allí para hacer amigas.

Alma intentaba no pensar demasiado y concentrarse en recordar lo que había aprendido en sus años en la academia. Se esforzaba por mantener el pecho erguido y se corregía esa postura un poco encorvada y medio desgarbada que había adquirido por su altura precoz y por querer disimular el tamaño de su pecho. Se acordó de que no podía mirar hacia abajo, sino mostrar la frente, la cabeza en alto, los hombros hacia atrás, un pie delante del otro y sonreír hasta a la última persona de la sala que alcanzara a ver entre el público, aunque le temblara el labio.

Nunca había desfilado ante tanta gente, ni mucho menos ante las cámaras de una televisión, aunque fuera local, pero saldría airosa porque confiaba en sí misma, pese a sus nervios. No había otra opción posible, tenía que seguir dando pasos hacia sus sueños.

Cuando la música empezó y Alma salió a desfilar en traje de sport, estuvo durante unos microsegundos encandilada por las luces del escenario. Aquello no era como desfilar en el centro comercial, ni siquiera tenía nada que ver con bailar ballet en el Gran Teatro de Córdoba; aquello le produjo una sensación completamente distinta. De grandeza, de poder. Pensaba en la Schiffer, cuando la supermodelo desfilaba impecable en las escalinatas de la plaza de España en Roma vestida de Versace. Tocaba soñar a lo grande, como si fuera ella.

El siguiente pase, en traje de baño. El último, en traje de noche. Estaba disfrutando mucho cada pasarela. No pudo ver a sus padres mientras desfilaba. Las luces, los nervios y el hecho de que estuvieran sentados al final del salón lo hicieron imposible. Todo ocurrió tan rápido que en un abrir y cerrar de ojos llegó el momento de proclamar los premios especiales: miss Simpatía, miss Fotogenia, miss Elegancia. Y entonces escuchó:

—Miss Navidul es para... ¡Alma López!

Tardó un par de segundos en darse cuenta de que la llamaban a ella. Dio un paso al frente, casi en modo automático. Mientras le colocaban la banda, un par de compañeras se intercambiaron miradas y sonrisas de medio lado. Se acordó de lo que había escuchado: «A quien le dan la banda que patrocina los jamones Navidul siempre es la que se corona como miss Toledo, tía. Tenemos que estar atentas». El gesto de una de ellas le trajo a la mente a Martirio, la acosadora de su pueblo. Pensaba que ya se había olvidado por completo de ella, pero se dio cuenta de que allí estaba. Era como si su memoria emocional la hubiera traído de vuelta de golpe. La mente se le nubló por un instante. Recordó una imagen, cuando le pusieron la banda que nunca hubiera querido llevar, la de miss Barbiechuelos. También revivió el dolor en el estómago, las risas y los abucheos del público, el ruido, los pitidos, las ganas de correr, la asfixia que le oprimía el pecho...

—Vuelva a su puesto, señorita, por favor —dijo el presentador del concurso.

Alma estaba tan perdida en sus pensamientos que ni siquiera sabía su nombre, aunque se trataba de una figura local bastante conocida.

Dio un paso atrás, sonriendo, aunque su mente iba a mil kilómetros por hora. Procuró no mirar a ningún otro lado que no fuera al frente del escenario y quiso bloquear el ruido y los comentarios. No quería volver a distraerse ni dejarse llevar por los cuchicheos o las miradas entre las compañeras.

Y llegó el momento por el que todo el mundo estaba allí. El estómago se le volvió a hacer un nudo. Intentaba mirar al público, pero no podía ver casi nada. ¿Dónde estarían sus padres? Le temblaban las piernas. Hacía calor por las luces en el escenario, pero al mismo tiempo tiritaba de frío o de nervios, no sabía muy bien el motivo. Su mente y su respiración se habían disparado. Quizá el jurado se decantase por una chica toledana de nacimiento, no de adopción. Eso lo había pensado mucho. Pero tal vez tuviese la oportunidad de ganar. Quizá. Entonces el presentador procedió a dar las tres bandas más importantes del certamen. Nombró a la segunda dama, luego a la primera dama y...

—Miss Toledo, que va directamente a concursar en Miss España 2000, atención..., mucha atención..., es... ¡Alma López!

No se lo podía creer. Tardó en avanzar. Le sobrevino una sensación extraña, como si su cuerpo no le perteneciese. Sonreía, pero se notaba como si estuviese paralizada. Con las manos se tapaba la cara. No supo si la aplaudían, si el público estaba contento con su elección, no quiso mirar a las otras compañeras, pero oyó un «¡Lo sabía!» de alguna de ellas. Vinieron a ponerle la banda y trató de leerla bien (lo de miss Barbiechuelos seguía en su memoria y era difícil de borrar), pero no tuvo tiempo. Estaba feliz y al mismo tiempo le costaba creer que todo eso le estuviera sucediendo a ella.

—¡Que has ganado, muchacha! —le dijo alguien.

Le dieron el ramo de flores, le pusieron la corona, que ella agarró con una mano por pura inercia para no dejarla caer y, de pronto, la estaban abrazando y felicitando encima del escenario. Todo iba a una velocidad distinta y deseaba que ese momento durara para siempre. Esto le estaba pasando a ella, a esa niña de Hornachuelos que tantas veces había disfrutado ilusionada con Miss España en la televisión. A esa muchachita de pueblo con sueños grandes. Su corazón estaba lleno de agradecimiento y de emociones mezcladas.

De repente, miró al frente y lo vio... Su padre cojeaba, pero corría lo más rápido que podía desde el fondo del salón hasta el borde del escenario. Y allí se detuvo, como un niño pequeño, mirándola con devoción con los ojos vidriosos, mientras terminaba todo el protocolo del premio y el presentador daba las gracias a los asistentes y despedía el programa. Detrás, acompañándolo en su emoción, llegó también su madre. Allí se quedaron los dos, con la sonrisa más amplia que les había visto en su vida y con los ojos llenos de lágrimas. Tan pronto como pudo, Alma se bajó del escenario y corrió a abrazarlos.

—¡He ganado!

—¡Yo sabía que ibas a ganar! —exclamó su padre emocionado—. ¡Si mi niña es la más bonita del mundo!

—Ay, Alma, madre mía, Alma. —Era lo único que atinaba a decir su madre.

—¡Foto, foto! —les pidió un fotógrafo de prensa, que quiso atrapar aquel cuadro familiar.

Todo fue tan rápido y tan bonito... Después, los tres se subieron al coche esa noche fría de diciembre y regresaron a casa en medio de la niebla toledana. Los padres orgullosos de su niña y la niña soñando con los ojos abiertos.

La obsequiaron con varios premios, pero a Alma lo único que le importaba era que iba a concursar en Miss España. Era la oportunidad más grande que le había dado la vida hasta ahora y tenía que prepararse mucho para aprovecharla. Informaron a sus padres de que le asignarían un delegado provincial para gestionar todo lo relacionado con el concurso, que compartiría con las otras chicas de Castilla-La Mancha que también habían ganado en sus ciudades. No sabían dónde se celebraría, se enterarían a principios del año siguiente, y faltaban aún unos meses. El delegado buscaría un diseñador que vestiría a las tres concursantes que coordinaba en las galas del certamen y buscaría profesionales que les enseñarían a maquillarse y peinarse para los distintos eventos del concurso. ¡Eran muchos! Miss España no era como Miss Toledo, ni mucho menos como Miss Talavera de la Reina; para el reinado nacional, Alma tendría que viajar, participar en diferentes compromisos con vestuarios acordes y competir con no menos de otras cincuenta concursantes.

Alma estaba impresionada. Le costó conciliar el sueño durante esos días. Había logrado volver a la pasarela ¡e iba a concursar en el evento más importante del país! Era una mezcla de incredulidad y certeza. Sentía aprensión, pero también mucha felicidad... Sí, había descubierto que se podía sentir todo eso al mismo tiempo.

Pero, por lo pronto, tenía que estudiar y poner todo en orden para los días de selectividad que se avecinaban. No podía fallar. De eso dependía que la aceptaran en Periodismo y poder ir a Madrid. Aunque esto último no lo había discutido aún con sus padres. Para ella la etapa de Toledo estaba llegando a su fin.

El domingo siguiente al concurso, mientras estudiaba, escuchó que su madre regresaba del mercado dando gritos de felicidad:

—¡Mariano! ¡Mi niña! ¡Miren! ¡Miren! —gritaba con una revista en la mano.

Ángeles extendió la revista sobre la mesa, agitada. Habían publicado una foto de Alma, con su corona y su banda de miss Toledo.

«Llegó, vio y venció», así decía el titular. Y ahí estaba ella con su vestido plateado y su banda azul con letras doradas que la nombraba miss Toledo. Leyeron en voz alta el artículo, juntos. Hablaban muy bien de la actuación de Alma en el certamen. No se podía creer que estuviesen leyendo reseñas positivas de ella en un medio de comunicación. Se le inflaba el corazón de la felicidad. Sus padres estaban orgullosos y felices. «Y están juntos, celebrando esto —pensó—. Hacía tiempo que no los veía así».

—¡Mira todo lo que dice! Es que como mi niña no hay dos. —Mariano estaba muy contento y orgulloso.

—Hay que investigar bien cómo es lo de Miss España. Nos avisarán de lo que tenemos que hacer con la niña, ¿verdad? —le comentó Ángeles.

—¡Claro! Habrá que esperar a que nos llame el delegado para ver cómo es todo esto. Pero lo primero, los estudios... La niña todavía tiene que examinarse y, si aprueba, hay que inscribirla en una facultad de aquí, que Toledo tiene una universidad muy buena —respondió el padre de Alma.

La joven asintió tímidamente. Desde que se mudó a Toledo no se quitaba de la cabeza lo cerca que estaba Madrid y que lograría vivir allí con cualquier excusa. Pensaba que su futuro profesional podría desarrollarse en la capital de España. Por más que le gustara Toledo, allí no había moda, no había agencias, no podía quedarse si quería ser modelo. Sí, era consciente de que la ciudad la había sanado tras todo lo vivido en Hornachuelos, pero quería irse a Madrid, donde probablemente encontraría muchas más oportunidades para trabajar y perseguir sus sueños. Además, quería estudiar Periodismo, carrera que no se ofrecía en Toledo. Pero no lo había hablado con sus padres aún, no estaba segura de cómo reaccionarían.

Estaba ilusionada también porque en cualquier momento la llamarían para Miss España y entonces su vida cambiaría totalmente. Lo había visto mil veces por televisión: el certamen incluía muchos compromisos, visitas a los sitios turísticos del lugar donde se celebraba, cenas, cócteles, visitas a las autoridades locales, entrevistas y, por supuesto, desfiles. Había un mundo que se iba a abrir para ella y, seguramente, mudándose a Madrid sería más fácil entrar en él.

Más allá de sus viajes a Córdoba para las clases de ballet y de pasarela, Alma no había viajado, y menos sola. Además, Madrid, la capital, eran palabras mayores. Pero este era el momento de abrir un poco más las alas.

—Mamá, papá..., ¿podemos hablar?

Ellos se miraron. La última vez que les dijo esas palabras fue para anunciarles que renunciaba al baile y que deseaba ser modelo. ¿Qué pretendía ahora?

—Es que lo que yo quiero estudiar es Periodismo... en Madrid.

El semblante de su padre cambió completamente. Se le fue la sonrisa de la cara y se le arrugó la frente, con las cejas muy levantadas. Tardó unos segundos en responder. Nunca lo había visto tan molesto.

—¿Cómo? ¿En Madrid? ¡En Madrid no! Nosotros vivimos aquí, ¡en Toledo! En Madrid no tienes a nadie.

—Tengo a la tía... —respondió ella, bajito, temiendo la reacción.

—¿La tía? ¿La tíaaa? ¿Acaso la tía te ha invitado a vivir con ella? ¡¿Es que no ves la locura que estás diciendo?! Además, Carmen vive a las afueras de Madrid y tú no tienes coche ni sabes conducir, no tienes ningún medio para ir hasta la universidad todos los días.

—Bueno, papá..., habrá metro.

—¡¿Meeetrooo?! Pero ¡si tú no sabes ni qué es eso ni cómo funciona, y nosotros menos! ¡Deja de decir tonterías! Metro, dice la niña, ¡anda ya!

Alma sabía que no iba a ser fácil hablar de ese tema con su padre. Él siempre había presumido con sus amigos: «Mi niña se va a quedar siempre conmigo. Siempre cerca de mí. A mi lado». A lo que su madre solía contestar, incrédula: «Sí, sííí..., ya verás tú dónde va a ir a parar tu niña». No iba a ser fácil para él, tampoco para su madre, que estaba tan unida a ella, pero puede que Ángeles sí que conociera más de cerca sus ambiciones y se hubiera preparado para una eventual partida.

—Papá, quiero irme a Madrid —prosiguió ella, armándose de valor—. Ya aprenderé a ir en metro y todo lo que haga falta. Si tonta no soy.

—¡Que he dicho que no! ¡Aquí en Toledo puedes estudiar lo que quieras! —respondió él, subiendo cada vez más la voz.

—Hombre, lo que quiera no. No hay Periodismo —replicó Alma.

—Que no hay la carrera que ella quiere, Mariano. Ya está... —dijo Ángeles.

—Pues que estudie otra cosa, Derecho, yo qué sé... Que estudie lo que ella quiera, pero aquí, cerca de nosotros.

—Pero, papá, ¡que no quiero ser abogada! ¿Y mis ganas de ser modelo? ¿Dónde voy a poder trabajar aquí? Si ni siquiera hay agencias. ¡Ya las he buscado!

—¡Que no! ¡Que no! Que tampoco hay dinero para que te vayas a estudiar a Madrid. ¡Se acabó la conversación!

Alma no quiso insistir; aunque no era su naturaleza darse por vencida, prefirió dejar la conversación por ese día. Las cosas se habían puesto feas, nunca había peleado de esa manera con su padre. Ya se había llevado el disgusto, ahora tocaba esperar a que se calmara y fuera aceptando la realidad poco a poco.

Mariano tenía razón con lo del dinero. Aunque se fuera a casa de la tía, igualmente iba a necesitar tener algo extra para los gastos de la facultad, para el transporte, para sus cosillas... En Toledo, con su trabajo, su situación económica había mejorado, pero tampoco era como para tirar cohetes.

No obstante, eso no la iba a detener. Alma, empeñada en sus ideas y en sus sueños, se centró en estudiar y en sacar las mejores notas en la selectividad. En menos de un mes se examinaría y, si conseguía una beca para la universidad, su padre tendría un argumento menos para no dejarla vivir en Madrid.

A Alma siempre le había gustado la fotografía, así que compró unas cámaras de fotos, de esas de usar y tirar, para practicar con ellas. Con Javier, su *partner in crime* de Toledo, salió un par de veces a hacerse fotos por la ciudad y a capturar la arquitectura toledana que tanto le gustaba. Gastaron un montón de carretes, aunque, al revelarlas, no todas salían bien. Al menos era divertido y ella disfrutaba viendo las fotos una y otra vez y captando detalles que a veces, a simple vista, se le escapaban. También estudiaba en las imágenes cuál era su mejor perfil o qué sonrisa y qué mirada le favorecían más. Javier la asesoraba. Seguía comprando revistas cuando podía y trataba de imitar lo que veía en las instantáneas. «Los buenos fotógrafos, esos que trabajan para las revistas de moda, son magos», pensaba.

Para Alma, Toledo tenía mucho de ese encanto que había disfrutado en Córdoba. Era un crisol de culturas fascinante, había un poco de todo, mucha gente joven y muchísimos universitarios, por eso le parecía increíble no encontrar dónde desfilar o estudiar Periodismo. Estaba convencida de irse a Madrid y no tenía duda de que lo iba a lograr.

Los exámenes de selectividad se convocaron en un sitio precioso en el que se reunían los estudiantes de casi todos los institutos de la ciudad. Era el convento de San Pedro Mártir, que acogía la Facultad de Ciencias Jurídicas y Sociales de la Universidad de Castilla-La Mancha, justo donde su padre quería que Alma se quedara a estudiar. Nada iba a hacerla cambiar de opinión con respecto a Madrid, pero no podía negar que se había enamorado de la majestuosidad de aquel lugar. Lamentó no haber llevado su cámara. Parecía ser la única persona allí que, en medio de todo el estrés y el nervio con el que se movían los estudiantes, de verdad estaba disfrutando la experiencia. Aquellos días los recordaría siempre con la emoción y tranquilidad de quien estaba haciendo las cosas bien.

El examen no fue difícil, había estudiado mucho. Lo bueno de haber sido una adolescente con poca vida social es que había desarrollado una disciplina envidiable para estudiar en casa. Además, tenía la motivación de conseguir como fuera una beca para irse a la universidad que ella quería, así que, cuando tuvo que indicar la carrera que quería estudiar, no lo dudó: Periodismo en la Universidad Complutense de Madrid. Ya vería cómo convencer a sus padres después.

De vuelta a casa, caminó por las calles de Toledo con los auriculares puestos. Escuchaba a una chica nueva llamada Britney Spears, a Christina Aguilera y a uno de sus grupos favoritos, los Backstreet Boys. Pero, rockera como era, Alma regresaba siempre a escuchar en bucle una vieja canción de Journey, «Don't Stop Believin'». Entendía poco de la letra en inglés por aquel entonces, pero sabía que hablaba de creer en uno mismo, ser perseverante y nunca desistir en la lucha por los sueños, incluso si eso te lleva a buscarlos a otros lugares. Solo con esa certeza podían obrarse la magia y los milagros que hacían que todo fuese posible. Y ahora que lo pensaba, en los últimos tiempos mucha magia había ocurrido en su vida. La mudanza a Toledo, la participación en Miss España, el empeño en ser modelo… Tal vez porque ella creía en su sueño con toda la fuerza de su corazón y, a pesar de los obstáculos, poco a poco se iba haciendo realidad. Era como si el universo entero estuviera de su parte.

Se sentía afortunada, feliz y agradecida con aquella ciudad medieval. En Toledo su vida había sido mucho mejor. Su madre tenía razón, a ella sí le podían pasar cosas bonitas. Pese a los episodios de ansiedad durante el certamen de Miss Toledo, en los que revivió los ataques de las Emes, y la reacción de su padre cuando anunció que quería irse a Madrid, estaba feliz.

Unos días después de los exámenes de selectividad llegaron los resultados: Alma fue una de las estudiantes con las notas más altas. No solo superaba con creces la nota que necesitaba para entrar en Periodismo en la Complutense de Madrid, sino que consiguió una beca para su primer año de universidad. Madrid se le acercó de golpe y le estaba abriendo las puertas de par en par. ¡Ay, Madrid! Pero, antes de todo, Miss España la esperaba.

8
Pongamos que hablo de Madrid

Mariano y Ángeles habían criado a su hija en un pequeño pueblo de Córdoba, y la idea de que se fuese a vivir con dieciocho años recién cumplidos a una ciudad como Madrid les parecía un grandísimo salto al vacío. Además, pronto entrarían en el año 2000 y en todas partes se hablaba de que el mundo se acabaría en cualquier momento, por aquello del cambio de milenio, un meteorito catastrófico, las teorías mal interpretadas de los mayas, Nostradamus y un montón de cosas más... Los padres de Alma no eran ajenos a nada de eso.

Ella los sentó a la mesa un domingo y les enseñó la carta en la que le comunicaban que había conseguido una beca para la universidad. Su padre ya no tenía el argumento del dinero a su favor para que se quedara con ellos en Toledo. Pero siguió malhumorado durante unos días, hasta que la tía Carmen los visitó un fin de semana y resolvió el asunto con su desparpajo natural.

—Que se queda conmigo, Mariano. Yo misma me voy a encargar de enseñarle los mapas de Cercanías y del metro para que llegue a la facultad. Y tengo una habitación para ella.

—¿Y cuándo piensas irte a Madrid? —le preguntó Mariano a Alma, muy serio y con muy mala cara.

—Me tengo que ir la semana que viene, papá. Ya está todo arreglado.

En el fondo, sabía que sus padres confiaban en ella. Se había ganado esa confianza mostrándose firme en todas sus decisiones, como lo estaba haciendo entonces.

—Sigo pensando que aún eres muy chica para vivir tan lejos —gruñó.

—Venga ya, Mariano, que nosotros a su edad ya llevábamos cinco años trabajando de campo en campo, solitos. Chica chica no es —dijo Ángeles tratando de echarle un cable a su hija.

—Sí, pero no en una ciudad como Madrid. La gente de pueblo somos gente buena. En la ciudad pasan muchas cosas, Ángeles. Hay mucha maldad.

Alma lo interrumpió con un abrazo y lo desarmó del todo.

—Madrid queda a una hora nada más, papá. Y voy con la tía, que ya sabes lo pesada que es —dijo en tono de broma para aligerar un poco la conversación—. Ella no va a dejar que me pase nada.

Ángeles y Carmen ayudaron a Alma a hacer su maleta, y aquello se convirtió en un espacio para que la tía, que hacía hablar hasta a las paredes, aprovechara para sacarle conversación a Ángeles. Alma se daba cuenta de la complicidad entre ellas y a veces las dejaba solas para que charlaran a gusto. Pero aquella tarde no pudo evitar escuchar a las dos amigas. Su tía y su madre mantuvieron una conversación que la hizo reflexionar mucho.

—Parece que las cosas aquí en Toledo han mejorado y ya quedó atrás la pilingui esa..., pero ojito, ¿eh?, que lo veo mu contento. A ver si es que se ha buscao a otra... Y tú..., yo no sé cómo puedes, Ángeles. ¡Las cosas que has tragao! ¿Pa qué? ¿Pa qué, Ángeles? Que la vida es un ratito y te lo has pasao llorando.

—¡Shhh! ¡Calla, Carmen! ¡Que nos escucha la niña! —le respondió Ángeles, incómoda.

—Que la niña ya no es tan niña, Ángeles..., que ella ya sabe to de sobra... Y ahora que se va, aprovecha y deja de vivir este calvario por ella..., que no te tienes que quedar en una relación en la que no eres feliz, que aquello de quedarse «por los hijos» ya no se usa...

—¡Shhh! —la calló Ángeles otra vez, incómoda, y le dio la espalda mientras seguía arreglando las cosas de Alma.

Y no se oyó nada más. Alma no acertaba a explicar cómo se sentía tras escuchar a las dos mujeres. En el fondo, la tía le decía a su madre justo lo que ella pensaba, que no se tenía que quedar con su padre si no era feliz, pero al mismo tiempo le iba a afectar mucho si sus padres se separaban. Sabía también que, a pesar de todo, su padre no podría vivir sin su madre. En verdad no sabía qué sería de él si llegaban a separarse, pero le dolía profundamente el sufrimiento de su madre.

¿Por qué Ángeles continuaba al lado de su esposo? ¿Era eso un amor incondicional? ¿O eran quizá las costumbres y la educación de la época? Ella admiraba el carácter resiliente de su madre, su fortaleza y humildad para soportar tantas faltas de respeto y el sacrificio que estaba haciendo por la unidad de su familia y el bienestar de su hija. Alma seguramente no lo habría hecho así. Era obvio que la tía Carmen tampoco.

Pero su madre... Ay, su madre... No existía una mujer más buena y menos egoísta en el planeta Tierra. Y aunque Alma era ya una joven adulta, la remota posibilidad de una separación le hizo rememorar cuando de pequeña descubrió la infidelidad. Se sentía avergonzada, triste y muy vulnerable. Le costó dormir esos días antes del viaje. Tenía miedo de que con su marcha todo lo que dejaba atrás se desmoronara poco a poco.

El fin de semana siguiente, Alma y la tía cogieron un autobús dirección Madrid. Llevaba una maleta pequeña en la que había metido ropa, unas pocas fotografías, una cámara fotográfica desechable y, cómo no, su música. Había cambiado el *walkman* por un reproductor de CD y tenía un pequeño estuche con sus discos favoritos y el librito que venía en la caratula para identificarlos. Ahí leía y se aprendía las letras de las canciones.

Mariano y Ángeles la despidieron en la estación con los ojos tristones. A Alma no le gustaban las despedidas y prefirió no mirarlos mucho a la cara para no echarse a llorar. Alma tenía que demostrar fortaleza y seguridad ante el paso que estaba dando. No había espacio para las dudas ni para el llanto. Una vez sentada en el autobús, no pudo evitar mirar a sus padres a través del cristal de la ventana. Su madre, con la rebeca mal puesta y los brazos cruzados, la miraba con aquellos ojos verdes llenos de angustia; su padre, con una cara que parecía que se le iba a derretir de la pena. No olvidaría nunca esa imagen.

Tampoco olvidaría a Javier, con el que estaba segura de que no perdería el contacto nunca, ni a los demás compañeros del Instituto Sefarad, que le habían hecho ver que la gente de su edad se podía comportar de otra manera, con respeto y complicidad. Le había costado confiar y abrirse, siempre se acordaría de ellos. Habían hecho una última salida todos juntos por Toledo, porque cada uno iniciaba una nueva etapa en distintas universidades.

Ella se sentía culpable por dejar atrás a Ángeles y a Mariano. Se preguntaba cómo les iría ahora viviendo ellos dos solos. Recordó la conversación que había escuchado a las dos amigas. En el fondo sabía que ella había sido siempre el muro donde terminaban las peleas, la guerra, las desilusiones... Y ahora ese muro no iba a estar. ¿Qué iba a ser de ellos como matrimonio? A su madre, en un momento a solas, después de la primera reacción de Mariano ante la noticia de que se iría a Madrid y de la conversación con la tía Carmen, le preguntó cómo iba a lidiar con la situación.

—Tú no te preocupes por nada, mi niña, que nosotros vamos a estar bien —le contestó, cortante.

No esperaba otra respuesta, pero Alma sí se preocupaba. Los había visto relativamente en calma durante aquellos años en Toledo y no quería pensar ni por un minuto que su partida rompiera esa paz. El camino a Madrid lo hizo con un nudo en el corazón, le ahogaba la pena. Se puso a Niña Pastori en el *discman* y la escuchó, sintiendo toda su melancolía desde el fondo de su alma. No solo dejaba atrás a las personas que más la amaban en el mundo, se había despedido del último trocito de Andalucía que le quedaba cerca.

La tía le había dicho que vivía en las afueras de la ciudad, pero no se imaginaba que fuese tan lejos hasta que lo vio por sí misma. Lo supo al llegar. Era como un pueblito. Otro pueblito. Aunque este era más moderno que Hornachuelos, claramente. No sabía cómo sentirse. Ella, en su inocencia, se había imaginado viviendo en el corazón de Madrid, casi frente a la Puerta de Alcalá. Y no, durante un tiempo viviría en Villaverde. «No importa. Es un paso, Alma —pensó con una sonrisa, cerrando los ojos y dejándose llevar por la música—. Ya estás más cerca».

Estaba muy agradecida a su tía porque le había permitido vivir con ella. Sin Carmen y su don de la palabra no habría podido convencer a su padre. Alma solo tenía que mirar atrás para darse cuenta de que hacía tan solo tres años vivía en un pueblito escondido en la sierra de Córdoba y en ese momento estaba en Madrid, en la capital. En las afueras, pero en Madrid. Y Madrid era Madrid.

La tía, como prometió, le dio su mapa de Cercanías y del metro. Le enseñó cómo comprar el abono y a seguir las señales de las estaciones. Las únicas ocasiones en las que Alma había visto tanta gente como en esa primera estación en la que entraron había sido en las procesiones de Semana Santa de Córdoba y en Toledo durante la cabalgata de Reyes. ¡Era como si Madrid viviera en una Feria de Abril permanente!

—¡Cuánta vida hay aquí! —le dijo a su tía con los ojos muy grandes.

—Y eso que no hemos llegado al centro aún, niña... Ya verás tú lo que es un montonazo de gente junta. ¡Vente p'acá! —le gritó Carmen mientras el tren arrancaba con mucho ruido y Alma intentaba cogerse bien a la barra para no caerse.

Tomó nota de las estaciones que iban pasando para saber cuáles eran y dónde tenía que bajarse. ¡Eran muchas! Se quedó mirando por la ventana del tren, esperando ver la ciudad con la que tanto había soñado, que le mostrara sus colores. Pero todo lo que veía al pasar eran muros y túneles y más túneles. Cuando por fin llegaron a Moncloa e hicieron el transbordo hasta Ciudad Universitaria, se había pasado casi una hora mirando muros con grafitis y estaciones de tren bajo tierra.

Al salir de la estación, Alma se quedó perpleja. A lo largo de la avenida Complutense se divisaba aquel campus inmenso. El convento de San Pedro Mártir en Toledo, donde se había presentado a la selectividad, casi le pareció una casa de muñecas frente a esto. Las edificaciones y los jardines eran tantos que se perdían de vista. Jóvenes como ella iban y venían… Algunos a gran velocidad; otros disfrutaban del buen tiempo tirados en el césped, comiendo algo parecido a un sándwich sin corteza y riendo a carcajadas, despreocupados.

—Dicen que los años de universidad son los mejores —dijo Alma con una mirada cómplice a su tía.

—Ah, ¿sí? Pues ¡cuidadito!, ¿eh? Mira a esas muchachas perdiendo el tiempo tiradas en la hierba comiéndose un Rodilla cuando lo que deberían hacer es estar estudiando. ¿Tú crees que eso es normal? Ojito con los vagos y las malas compañías. Tú a estudiar y a dejarte de tonterías, que yo tengo que darles cuentas a Ángeles y al cabezón de tu padre.

—Vale, vale… —le respondió con picardía.

—De tus clases a casa y de casa a tus clases. Ya sabes llegar hasta aquí, ¿no? Vámonos de vuelta a Villaverde, que tengo que poner el cocido para comer —sentenció Carmen.

Al día siguiente, Alma regresó sola al campus. Preguntó y preguntó hasta que se encontró de frente con la imponente Facultad de Ciencias de la Información. Había estado leyendo sobre ese edificio, desde que se construyó para albergar una cárcel para mujeres hasta otras teorías que afirmaban que se realizó conforme a los planos de un psiquiátrico. Lo que más le llamó la atención es que en esa misma facultad Alejandro Amenábar había rodado *Tesis*, apenas unos años antes. Era, quizá, la película española más famosa de su generación. La había visto un día en casa de Javier, aún en Toledo. Trataba de un asesinato horrible de una estudiante en la universidad. Aquella película no la habría visto con sus padres en casa. Lo que les faltaba..., ¡ver un asesinato en la misma facultad donde iba a estudiar su hija! ¡Ni pensarlo! Por supuesto, sacó algunas fotografías con su cámara desechable para luego enviárselas a Javier. Pero es que ese lugar tenía algo especial. Desde que pisó la facultad lo notó. Era fascinante. Le impresionaba todo ese misterio y que en ese mismo espacio, entre esos gruesos muros grises, habían pasado cosas importantes. Y ella iba a estudiar allí...

Se dirigió a las oficinas subterráneas, donde hizo los trámites pertinentes para poder empezar el curso. Estaba un poco aturdida con todo, pero miró alrededor y vio que todos los chicos y chicas que llegaban estaban tan perdidos como ella, así que no se sintió tan mal.

Una vez fuera, se dirigió otra vez hacia el metro. Alma estaba enamorada de la energía que se respiraba por las calles, y eso que era muy poco lo que había alcanzado a ver. Se sentía en casa. «Madrid es ese lugar que te acoge con los brazos abiertos», decían. Y allí estaba ella, dejándose abrazar por la ciudad de sus sueños. Cuando se subió en el tren de Cercanías camino de Villaverde, pensó que no había nadie en el mundo por el que quisiera cambiarse en ese momento, no podía estar más feliz.

No tardó en aprender a moverse sola; era una persona metódica. Su tía se quedó sorprendida por lo rápido que empezó a ir a todos lados sin su ayuda. Carmen, siempre pendiente, le preguntaba dónde había estado durante el día. Alma a veces le contaba y otras veces no. Un día se saltó unas clases, cogió el metro y se fue ella sola hasta Gran Vía. La había oído nombrar tanto que no pudo resistirse. Nunca olvidaría la primera vez que caminó por esa avenida inmensa llena de gente, ruido y edificios clásicos, como el que estaba adornado con un letrero enorme de Schweppes. Sin dejar de pensar en lo maravillosa que era la vida, se puso los auriculares para escuchar «Pongamos que hablo de Madrid» a todo volumen. Joaquín Sabina, la Gran Vía y una niña de Hornachuelos. Mágico era decir poco.

Compartió la mayoría de sus clases con tres chicas que se convirtieron en su grupo de amigas: Bea, Cristina y Raquel. Al poco de empezar la universidad se fueron a tomar un café juntas en la cafetería de la facultad para conocerse mejor. Un par de semanas después la invitaron a un restaurante chino en Sol para celebrar el cumpleaños de Bea. Era la primera vez que salía a almorzar con amigas en Madrid. Quizá no fuese el mejor restaurante de la ciudad —aunque estaba convencida de que los rollitos de primavera debían de estar en el top tres de las mejores comidas del universo—, pero ese día todo le supo a gloria.

Alma al fin se sentía parte de un grupo de chicas. Le encantó que fuesen a lo suyo. No se preocupaban mucho por quién era o cuál era su pasado o su recorrido. Solo querían, como ella, reír y disfrutar la vida. Vivir el momento. Sin embargo, aunque se sentía cómoda con ellas, no se atrevió a contarles que muy pronto participaría en Miss España. Tenía miedo a que la trataran de manera distinta si se enteraban de que su gran sueño no era el periodismo, sino otro muy distinto. Para qué tentar a la suerte.

Aquellos días, además, una preocupación le daba vueltas en la cabeza: no había tenido contacto con la organización del concurso desde hacía unos meses, ni siquiera le habían pedido las medidas para los trajes que vestiría en las galas. Una tarde, al llegar a casa, la tía tenía un mensaje de su delegado provincial. Había llamado a casa de sus padres, pero ya había conseguido localizarla. Le había dejado dicho que en las próximas semanas le confirmarían la fecha de su viaje a Málaga para el certamen.

Alma pasó la Navidad en Toledo con sus padres y volvió a Madrid después del día de Reyes. Los primeros meses del 2000 los pasó entre las clases de la universidad y aplicándose mucho porque se dio cuenta de que toda la vida había sido la mejor estudiante en cada una de las escuelas a las que había asistido, pero en la universidad no entendía ni la mitad. No era tan fácil.

En clase se sentaba junto a Raquel, Bea y Cris. Se solía acoplar con ellas otro chico, Miguel. Hicieron una pandilla muy chula. Compartieron días muy divertidos. Se tiraban en el césped cuando tenían tiempo libre entre clases y se reían de cualquier cosa. Hasta que un día llegó lo inevitable.

—Chicos, ¿podréis pasarme los apuntes de las próximas dos semanas? Es que no voy a poder venir a la uni —dijo Alma, tratando de sonar natural, mientras estaban tumbados en uno de los jardines.

—¿Por qué? ¿Qué te pasa? ¿Estás enferma o algo? —preguntó Raquel asustada.

—No, no..., lo que pasa es que... —Alma dudó, pero no tenía mucho sentido mentir— voy a ir a concursar en el certamen de Miss España.

Todos se incorporaron y la miraron sorprendidos. Ella no cambió de postura. Definitivamente esa respuesta no era la que esperaban.

—¿Cómooo? —gritaron todos casi al mismo tiempo, con los ojos abiertos como platos.

Alma estaba asustada, pero le resultó divertido ver sus reacciones. Trató de no ponerle mucha emoción a su respuesta.

—Es que... soy miss Toledo y tengo que ir al concurso que se celebra ahora en Málaga. Pero nada más.

—¡¿Quééé?! ¡¡¡Tengo una amiga miss!!! —dijo Cris—. ¡Qué guay, tíaaa! ¡Lo flipo!

—¡No, nooo! ¡La que lo flipa soy yo! Pero ¿cómo no nos has dicho nada, alma de cántarooo? —le preguntó Raquel.

—¡Qué experiencia tan chulaaa! ¡Ganas seguro, tía! —gritó Bea entusiasmada.

Alma se rio un poco y le soltó un «¡shhh!» sonoro. Tampoco quería que toda la Complutense se enterara.

—Pero... ¡espérate! ¡Que nos tienes que contar todo! ¡De pe a pa! Empieza... ¡Quiero detalles! —dijo Miguel, tan feliz como si le hubiera tocado la lotería.

—Y cuenta con los apuntes, tía. Te pasaré los míos, que tengo mejor letra. Pero, eso sí, si algún día ganas Miss Universo o algo, espero que me nombres. «Y gracias a mi amiga Bea, que siempre me pasó los apuntes para estudiar mientras iba de concurso en concurso» —le soltó su amiga, dramatizándolo, entre risas. Los demás se rieron también.

Alma se sorprendió. No esperaba esa reacción. Sus compañeros de clase estaban felices y emocionados por ella. Prometieron no perderse la gala, aunque Bea no era muy aficionada a ese tipo de concursos. No había en ellos un ápice de envidia ni ningún afán de descalificarla o de desinflarle la burbuja de la ilusión. ¡Qué alivio sentía! Guau, Madrid y su gente de verdad eran distintos a lo que había conocido hasta entonces; había intuido ya con sus compañeros de Toledo que las relaciones podían ser diferentes.

Tan pronto como le confirmaron la fecha de cuándo viajaría a Miss España, su madre se presentó en Madrid para acompañarla a la reunión con el diseñador que el delegado le había asignado. Se llamaba Eugenio Loarce. Era de Puertollano, pero llevaba tiempo afincado en Madrid. Les pareció un chico encantador, muy cariñoso y con mucho talento. Le probó y ajustó un vestido con cola de sirena, un diseño que estaba muy de moda en esos años. Pero... ¡era uno solo! ¡La delegación de Miss Toledo le había prometido tres vestidos! ¿Y ahora qué? Se iba en un par de días y no tenía el vestuario que la organización de Miss España le solicitaba.

A madre e hija les tocó, de nuevo, salir a buscar ofertas para completar el guardarropa que Alma se llevaría a Málaga. Compró un par de vestidos cortitos de Mango y algunas camisetas de Zara, pero su presupuesto no les alcanzaba para los vestidos de noche que le hacían falta. Llegaron esa tarde a casa de la tía con los pies hinchados de caminar y un poco desanimadas con el vestuario que habían logrado reunir.

—Que no, que vamos a encontrar una solución para la niña, Ángeles. ¡Que así corta de trapos no se va a ir! ¡Ya verás! —dijo Carmen remangándose.

La tía era una mujer con recursos —y nada tímida, por cierto— y enseguida dio con un remedio para aquella enfermedad. Cruzó la calle, se fue a los edificios vecinos y se puso a llamar al telefonillo, vecina por vecina. Alma la siguió sin tener ni idea de lo que iba a hacer.

—Mira, Milagros, que mi sobrina se va a Miss España pasado mañana y no tiene vestidos largos para las galas. Tu prima se casó hace poco, ¿no? ¿No tendrás un vestido largo de la boda que me puedas prestar? —soltó al pulsar el primer botón.

—Tía, qué vergüenza... ¿Cómo se te ocurre? —murmuró Alma con la cara roja.

—Calla, niña —le contestó mientras seguía apretando botones en el telefonillo y hablaba con otra vecina—. Oye, Tere, ¿tú tienes algún vestido largo de fin de año de tu hija o de alguien que me puedas prestar? Es que mi sobrina va a Miss España ¡y no tiene ropa! Imagínate...

Y así, en menos de una hora, la tía Carmen puso a medio Villaverde a buscar entre sus armarios los vestidos de las fiestas a las que habían ido en los últimos diez años. Regresaron a casa con un traje naranja de flores, otro verde fluorescente y uno blanco que parecía de novia. Su madre, tan discreta como era, no podía creer el atrevimiento de su buena amiga.

—Pero ¿de dónde has sacado esto, Carmen? —dijo Ángeles sin dar crédito a lo que traían.

—Tú tira para allá, que nos toca plancharlos un poquito para que se los lleve la niña.

Ninguno era de la talla exacta de Alma y tampoco eran muy modernos, pero era lo que había y, en ese momento de desesperación, a ellas les parecieron diseñados por Armani.

Ni a Alma ni a su madre se les habría ocurrido jamás ir a llamar al telefonillo para pedir prestados unos trajes... Pero la tía era desenvuelta y audaz, y todo el mundo se conocía en Villaverde. Quizá esa era una cosa bonita que tenía la gente de pueblo o de barrio, que, cuando uno lo necesitaba, siempre salían a ayudarse unos a otros.

—¡Que ya está! Yo te dije que lo solucionábamos. ¡No tendremos los duros, pero esta niña no va sin trajes a Miss España! ¡Como que me llamo Carmen! —juró.

Alma estaba impresionada. Admiraba esa capacidad de la tía de andar por la vida resolviéndolo todo, hablando en voz alta con cualquiera, sin nada de vergüenza para pedir algo. Todo lo contrario a ella, que a veces no hablaba por no molestar y resolvía como podía con tal de no pedir ayuda. Tenía mucho que aprender de ella.

Con ese escaso y peculiar equipaje, un día después Alma se subió a un tren Madrid-Málaga sin parar de escuchar «It's My Life», de Bon Jovi. En sus letras decía algo como «es ahora o nunca». Así sentía ella esa oportunidad de Miss España. Era su momento.

No tenía la menor idea de lo que se iba a encontrar en el concurso, pero iba a intentar hacer su mejor papel. Se suponía que tendrían que haberle dado alguna preparación previa, pero Alma tan solo recibió una llamada, un vestido y un billete de tren. Al llegar a la ciudad, la recibieron junto con otra miss, que llegó al mismo tiempo que ella.

—¿Ustedes son...? —preguntó el encargado de recogerlas.

—Toledo, yo soy Toledo —contestó Alma en voz bajita.

—Yo soy miss Las Palmas —dijo la otra chica en el mismo tono.

Y allí estaban de pie las dos, calladas, mirando el suelo, esperando a que les dijeran qué hacer y adónde ir. Esa chica parecía tímida, como ella. Tenía el pelo oscuro, flequillo y ojos azules. Alma la miró y pensó que nunca había visto una chica más guapa en su vida. Era perfecta.

El primer día de actividades, se levantó antes que las demás y apareció vestida, maquillada y peinada a su manera a las seis de la mañana en el hall del hotel. Fue la primera en llegar de todo el grupo. Jamás se habría permitido ser impuntual y menos en una ocasión tan importante. Poco a poco, fueron entrando el resto de las niñas, no tan puntuales, y la fueron dejando cada vez más desconcertada. Todas llevaban trajes de diseñadores de cada una de sus ciudades con accesorios y zapatos a juego, e iban tan bien peinadas y maquilladas que parecían recién salidas de la última edición de *Vogue*.

A Alma se le cayó el mundo encima: ella podía ser muy puntual y disciplinada, pero no tenía ni remotamente la preparación ni los recursos del resto de las concursantes. Y ahí, en ese mismo instante, se sintió pequeñita y poquita cosa. La niña de pueblo que era deseaba esconderse debajo de un mueble y dejar ese sinsentido de participar en Miss España. Pensó que no merecía estar allí porque no estaba a la altura de las otras candidatas. Se vio a sí misma mal vestida, fea y sin arreglar... Quiso escapar y regresar a la habitación del hotel. No quería que las otras chicas la miraran, pero sí que lo hacían. No solo a ella. Todas se miraban unas a otras de reojo, analizando quién podía ser una competencia y quién no. Y al mismo tiempo la prensa, la directiva y los jueces..., todo el mundo las observaba y las analizaba constantemente, cuchicheando entre unos y otros sin disimular. «Soy la peor candidata de esta edición —pensó—. ¡No sé qué hago aquí!».

Se sintió avergonzada, como en aquel charco de la plaza del pueblo, como cuando se rieron de sus cejas en la escuela y de su jersey de lana descosido, o como cuando la insultaron por su biquini en la piscina de Hornachuelos. Todas esas escenas de humillación pasaron por su cabeza como en un carrusel bochornoso y sin fin.

—¡Toledo! Vamos al autobús, rápido —le dijo miss Valencia, y la arrastró prácticamente hasta subirse con las demás.

Tenían la agenda del concurso tan apretada que no daba tiempo ni para que Alma se perdiera en sus pensamientos catastróficos. Salieron de allí a recorrer la Alcazaba, las cuevas de Nerja y el Balcón de Europa. En todos lados, ella sentía que no pegaba con el resto de sus compañeras. Aun así, y con su mal sabor de boca, posaba y sonreía para las fotos. No fue hasta al cabo de unas horas cuando la imponente belleza de Málaga y la alegría de los malagueños le hicieron olvidar sus ganas de irse de allí. Pero a ratos la ansiedad y la inseguridad volvían a hacer su aparición estelar, y en ese vaivén de emociones se pasó todo el día.

Aquella primera noche, al meterse en la cama agotada pero desvelada y revuelta emocionalmente, las lágrimas cayeron en la almohada. Alma sintió que le aplastaba el peso de la realidad. Sus posibilidades de ganar o de ser una de las finalistas eran inexistentes. Sollozando en silencio y tragándose los mocos para que no la escucharan sus compañeras de cuarto, se quedó dormida.

Cuando abrió los ojos, en su segundo día en Málaga, se sintió muy distinta y analizó todo más fríamente. Se sentó en la cama con un pensamiento claro: no siempre iba a ser la mejor ni la más preparada, y no por eso iba a perder la ilusión ni la alegría de estar allí, de participar en ese concurso que tanto amaba y al que había llegado por méritos propios y con sus escasos recursos. Al final, no ganar también formaba parte de la vida.

Mientras dormía, su corazón y su mente habían entendido y procesado mejor el golpe de realidad. Si había dejado atrás a las acosadoras de su pueblo, no iba a permitir que esas voces en su cabeza se apoderaran de ella en un momento tan importante. ¡Qué va! Iba a disfrutar de la experiencia como la que más, aunque sabía que la ilusión por coronarse como miss España iba a tener que transformarse en otra cosa. Sin pensarlo más, salió de la cama y se arregló como si fuera la modelo más cotizada de ese lugar.

El 5 de marzo del 2000 Alma fue eliminada en la primera ronda de la gala de Miss España. Caminó hasta el *backstage* tranquila porque aquello lo había visto venir desde el primer día. Varias de las participantes que habían sido eliminadas con ella se echaron a llorar tan pronto como anunciaron el resultado.

En la parte de atrás, Patricia Conde, la concursante del año anterior que actuaba como presentadora de lo que ocurría detrás de las cámaras, se mostraba muy segura con el micrófono, más hermosa que nunca. Muy cálida, le hizo un par de preguntas; Alma respondió, sonriente y serena. Luego se fotografiaron juntas. Cuando se alejaba para compartir momentos con los músicos de la gala y entrevistar a las otras concursantes, cayó en un detalle: Patricia tampoco quedó finalista… y allí estaba, trabajando para un canal de televisión.

Sonrió para sí. Nada de esto era el final de sus sueños, ni mucho menos un fracaso. Solo tenía que seguir dando pasos hacia delante sin miedo y sin pausa. Estaba segura de que encontraría su destino de una forma u otra. Desde el *backstage*, comiendo jamón y lomo, vio el resto del certamen. Helen Lindes, miss Las Palmas, fue coronada esa noche como la mujer más bella de España.

Alma regresó a Madrid tranquila. Estaba muy feliz. La vida continuaba sin interrupciones. Sintió paz en su corazón y en su cabeza. En nada de tiempo se puso al día con las clases gracias a los apuntes que le proporcionaron sus amigos. Devolvió los vestidos prestados y se encontró con la sorpresa de que su tía Carmen le había pedido a una de las vecinas del barrio que grabaran el certamen en una cinta de VHS, como recuerdo para sus padres.

—Lo hemos visto, ¡qué guapa, mi niña! ¡Qué guapaaa! —le dijo su madre por teléfono.

Escuchaba a su padre de fondo, que también la piropeaba sin parar.

—Gracias, mamá. ¡Gracias, papá! —gritó para que él también la escuchara al otro lado de la línea, con los ojos aguados.

Sin importar si ganaba o perdía, sus padres estaban orgullosos de ella y se lo dejaban ver. Alma se sintió agradecida porque, a pesar de que en su cabeza escuchaba vocecitas de autocrítica que le transmitían la sensación de no ser suficiente, también había otras más altas que le repetían lo valiosa que era y que se lo merecía todo, que curiosamente sonaban como las de sus padres. Solo tenía que creerles.

Aquella inyección de seguridad y madurez tras el concurso también le trajo algún que otro piropo y más miradas de los chicos de la universidad. Un compañero de clase, guapísimo, se le acercó para invitarla a salir el viernes por la noche. Se llamaba Mario. Aquella fue su primera cita desde que estaba en la ciudad y tuvo que pedir permiso a su tía.

—Si tus padres te dejan, yo no tengo problema —le dijo Carmen—. Al contrario, me parece muy bien que salgas, que pareces un mueble siempre metida en tu cuarto.

—¡Vale, tía! ¡Gracias! —respondió ella, contenta.

—Dale la dirección para que venga a buscarte y que después te acompañe hasta aquí —apuntó Carmen.

—Creo que no está en sus planes venir a buscarme, tía. Él vive en el centro de Madrid. Villaverde le queda muy lejos —respondió Alma, un poco apenada.

—Pues entonces ¡no sales con él! —contestó la tía, tajante.

—Pero, tíaaa, ¿qué más da, mujer?

—No y no —le dijo mientras doblaba la ropa recién lavada—. Ven p'acá, mírate en el espejo. ¿Crees que una mujercita como tú puede andar sola por la noche? ¿Cogiendo trenes y metros a esas horas para salir con un muchacho? ¿Sabes la cantidad de locos que se aprovechan cuando ven a una muchacha sola por ahí? ¡Ni hablar!

Alma sabía que Carmen tenía razón. Eso mismo le había repetido su madre siempre. Simplemente le parecía increíble que las mujeres tuvieran que cuidarse tanto y evitar estar solas en la calle por su propia seguridad. No le gustaba esa vulnerabilidad.

—Y además, a ver, ¿quién es el muchacho ese? —prosiguió la tía—. ¿El rey de España o qué? ¿Tan ocupado y tan cómodo está que no puede venir a por ti? No, no, hija. Que tú vales mucho y, si ese chico no piensa que eres lo suficientemente importante y valiosa como para venir a recogerte y ahorrarte el mal trago de atravesar sola Madrid, es un bobo y un vago. Que las mujeres nos merecemos que nos traten bien, que nos demuestren interés, que nos cuiden...

—Ya... Pues no creo que venga, tía —dijo Alma encogiéndose de hombros, medio tristona—. La verdad es que..., como es uno de los más guapos del curso, seguro que puede salir con otras chicas que vivan más cerca.

—Ah, ¿sí? ¡Pues él se lo pierde! Si es que los jóvenes de ahora... Será muy guapo el muchacho, pero más tonto y no nace, hija mía.

Alma hizo caso a su tía. Le dio su dirección a Mario y le pidió que fuese a recogerla, que no se sentía segura cogiendo metros y trenes sola un viernes por la noche. El chico le dijo que la avisaría pronto y no la llamó más. Días después lo vio muy acaramelado con otra chica de la facultad. Sin embargo, se guardó para siempre lo que le había dicho su tía. «Él se lo pierde, él se lo pierde», se repetía Alma en su cabeza cada vez que sentía que era ella la que había cometido un error por hacerse valer.

Seguía con su plan de ser modelo, estaba centrada y con más ganas que nunca. Era lo único que realmente la emocionaba. La organización de Miss España les había hecho firmar un contrato con una agencia que asumiría su representación durante un año. Aquello le pareció una noticia muy buena. «Una agencia de modelos en Madrid... ¡Por fin tengo una!», pensaba para sí misma, emocionada. Empezaría a acudir a castings en Madrid. Eso significaba que volvería a estar en una pasarela pronto. ¡Qué ganas tenía!

Durante los siguientes días se dedicó a prepararse un *book* con las fotos de su paso por Miss Toledo y luego por Miss España. Puede que hubiera ido escasa de recursos al concurso, pero tenía unas fotos muy bonitas que los fotógrafos oficiales del certamen habían tomado a las candidatas. Pudo completarlo con algunas más hurgando en las publicaciones de prensa sobre el concurso en una de las salas de internet de la universidad.

Pasó un mes entero hasta que la llamaron por primera vez.

—Hola, ¿eres Alma López? —dijo una voz profunda de hombre al otro lado de la línea.

—Sí, soy yo.

—Te llamo para convocarte a un casting. Debes ir con un vestido corto, tacón y maquillaje natural. Apúntate la dirección.

Alma se presentó esa misma tarde en los bajos de un edificio donde ya esperaban un montón de chicas. Tuvo que estar casi dos horas en una fila para pasar a hacer la prueba de cámara con el director. Le dio vergüenza reconocerlo, pero había pensado que aquel casting sería más exclusivo o que recibiría alguna especie de trato preferencial por haber sido concursante de Miss España. Pero no era así, se trataba de una convocatoria abierta con chicas del mismo rango de edad, y a nadie le importaba si eras miss o no. Nunca había visto tantas modelos juntas. Ella era una más. Madrid sí era el centro de las modelos en España, definitivamente. No la seleccionaron. Llegaron más castings, uno por semana, a veces uno cada dos. Alma se arreglaba meticulosamente, siempre con dudas sobre el atuendo que debía ponerse. Su madre siempre había sido muy discreta a la hora de vestir, y eso era lo que había aprendido, pero su tía, en cambio, la animaba a lucir ropa más ajustada, más cortita o de colores vivos.

—¡Venga, hombre! Que lo que se han de comer los gusanos que lo disfruten los humanos —decía, toda pícara—. ¿Tú no ves a las de *Noche de fiesta* enseñando pierna? ¡Pues tú también! Que para eso Dios te dio un par y bien bonitas que son.

A Alma le hacía gracia lo que le decía Carmen. Ya no era la «piernas de espagueti» de Hornachuelos. Eso le hacía ir con un poco más de seguridad a cada casting, pero la verdad es que no la enviaban a muchos y, cuando la convocaban, tenía que hacer malabarismos porque coincidían con los horarios de las clases. Solía pedirle a Bea sus apuntes cuando llegaba tarde, porque, encima, se organizaban lejos de la facultad. Normalmente eran castings para editoriales de moda o belleza y alguno que otro para anuncios de marcas famosas que conocía de toda la vida.

Se sabía de memoria dónde estaban las bocas de metro de Madrid. Recorría la ciudad bajo tierra de punta a punta para poder llegar a las convocatorias. Subía al tren siempre muy arreglada, pero en zapatillas para poder correr por los andenes y subir y bajar las escaleras de las estaciones a toda velocidad. Los tacones los llevaba guardados en el bolso y se los ponía a la puerta del casting.

Los primeros los vivió con mucho entusiasmo. Alguna vez se encontró a otras concursantes de Miss España. Cuando ya iba por el casting número doce más o menos, empezó a sentirse como el primer día en Málaga: totalmente invisible. No notaba ni un poco de interés hacia ella por parte de directores y fotógrafos. Nadie en aquella agencia parecía interesado en moverla como modelo. De milagro sabían su nombre. Su *composite* cada vez estaba más atrás en el estante de esa oficina.

«No soy lo suficientemente bonita», «tampoco soy lo suficientemente alta», «ellas parecen modelos, yo no». Todos estos pensamientos venían a su mente cuando esperaba su turno en esas colas larguísimas, llenas de chicas que se parecían a las top models que ella siempre había admirado. En realidad, era muy difícil deducir qué era lo que el director de casting quería en cada caso. No sabía por qué la rechazaban, pero, cada vez que entraba al estudio de turno donde se hacía la prueba, Alma sentía que no era lo que estaban buscando.

—Gracias. Nosotros te llamaremos —le decían siempre.

Y con esa esperanza remota volvía a ponerse sus zapatillas y esperaba el siguiente metro. Pasaba los días mirando la pantalla de su Nokia de tarjeta recargable, ese móvil en el que sus padres le ponían algún dinero cada mes para que se pudiera comunicar con ellos. Pero nada. Nunca nada. Ni un mensaje ni una llamada perdida de la agencia. El corazón se le iba arrugando como un papel.

Y en medio de esa desesperanza añoraba el abrazo y las caricias en el pelo de su madre, salir juntas al atardecer a recoger las verduras para hacer la ensalada o el pisto de la cena. Extrañaba los girasoles que le llevaba su padre del campo y la admiración que él siempre le profesaba. «Mi niña es la más bonita del mundo», repetía. En ese momento Alma estaba muy lejos de sentirse así.

Allá donde se cruzaban los caminos, como decía Sabina, en aquella ciudad enorme y vibrante, entendió que perseguir un sueño no era tan fácil ni tan romántico como se lo había imaginado. Y aunque la desilusión querría comérsela, ella no iba a dejarse vencer por ese sentimiento de derrota. A pesar de todo, sentía esa luz, esa certeza en el centro de su corazón que le decía que no perdiera la fe, que su oportunidad estaba de camino y acabaría topándose con ella. Y no importaba lo que ese momento mágico tardara en llegar, ella lo esperaría el tiempo que hiciera falta…, porque uno siempre le tiene paciencia a lo que le tiene amor.

9
Amiga mía

Alma estaba a punto de cumplir su primer y feliz año en Madrid. Estaba soltera, estudiando mucho y enamorada de la ciudad como nunca. Excepto por lo de los castings, que no acababan de dar grandes frutos, todo marchaba bien. Por casualidad había conocido a la que se convertiría en su amiga inseparable, Celina. Al principio, parecía una chica más, muy simpática y alegre, pero le cambió la vida como ella nunca hubiera podido imaginar.

La verdad es que su experiencia con otras chicas no había sido precisamente bonita. No sabía lo que era tener una mejor amiga. Primero, el maltrato de las Emes; después, la indiferencia de Inés, su amiga de la escuela; luego, la traición de Jessica y el corte abrupto con Isa cuando se fue a Toledo. Ahora tenía a Raquel, a Bea y a Cris en la universidad, pero se veían en grupo y casi siempre en horas de clase, no podía decir que alguna de ellas fuera su amiga íntima. A quien más cercano había sentido, lo más parecido a un mejor amigo, había sido Javier en Toledo. En la capital, Alma estaba acostumbrada a hacer todo sola, pero eso cambió con la llegada de Celina a su vida.

Se conocieron un día que fue a merendar al VIPS de Serrano con las chicas de clase. Celi era amiga de Miguel, que siempre que podía se apuntaba a los planes. La tarde se alargó y quedaron para ver la nueva película de Nicole Kidman, *Moulin Rouge*. Se sentaron juntas en el cine, y Alma escuchaba cómo Celina lloraba y se sonaba la nariz sin parar con cada escena. «Lo más bonito que te puede pasar en la vida es amar y que seas correspondido», decía el protagonista. Y entonces más lloraba Celina. Se dio cuenta de que esa chica, que parecía pura dinamita, era una romántica sin remedio.

Celina tenía una energía tan alegre y vivaz que, inconscientemente, Alma buscaba estar cerca de ella. Intercambiaron los números cuando le contó que estaba sola, que sus padres vivían en otra ciudad. Desde ese día, Celina, que era una organizadora compulsiva de fiestas, reuniones y planes divertidos, la involucró en todo «para que viviera la verdadera noche madrileña».

Poco tiempo después, y animada en parte por Celi, Alma encontró un piso para vivir sola, en Madrid. Era un sitio pequeño, escondido en una callecita del centro, pero ese apartamento era su gran conquista de independencia. La tía Carmen había sido su refugio seguro durante el primer año, pero había llegado el momento de volar.

—¡Ya te vas, moza! —le dijo, palmeando un par de veces.

—Sí, ya me voy, tía…

—Bueno, con cuidadito y como te he enseñado. Que Madrid tampoco es un campo de rosas, ¿eh? Y cualquier

cosa me llamas, que sola tampoco estás. Y recuerda lo que te he dicho sobre salir sola de noche. Yo sé que estás en la edad de divertirte, pero ¡mucho ojo siempre! —le advirtió.
—Que sí, tía, que sí... Gracias por todo.
Alma la abrazó y olió su perfume, y ahí supo que lo iba a extrañar.
—Qué gracias ni qué gracias. A mí no me tienes que dar las gracias. Anda, hija..., p'alante siempre. Toma...
Le dio un táper con un buen trozo de tortilla para que tuviera algo que comer al llegar a su apartamento nuevo. La tía no era demasiado cálida ni tampoco demasiado cariñosa, pero era honesta y asertiva y, sobre todo, había sido su salvoconducto para llegar a la ciudad de sus sueños. Sin ella no estaría en Madrid. Y, en el corazón, Alma solo tenía agradecimiento hacia ella. La tortilla se la comió a pedazos pequeños durante un par de noches, como para que no se le acabara nunca.
Si había algo que Alma no había copiado nunca ni de su madre ni de su tía era el gusto por la cocina. Su madre cocinaba bien, pero nunca le había llamado la atención. Y ahora le iba a hacer falta saber defenderse con algunas recetas porque viviría sola. Pero hasta en eso Celina, que trabajaba como cocinera, la ayudaría con alguna receta básica y sin mucha complicación, como para principiantes. Las dos amigas eran inseparables. Sus padres la visitaban cada dos semanas y le llevaban comida, que ella congelaba e iba comiendo poco a poco.
«¡Qué poco se aprecia la comida de una madre cuando la tienes a diario y cuánto se extraña cuando ya no tienes oportunidad de disfrutarla!», pensó, algo nostálgica, sentada en el suelo de su nuevo apartamento. Por-

que aquella comida era más que un alimento, era el abrazo de su madre, que sentía que la cuidaba cada noche, aunque no estuviera con ella.

Una noche Celi la llamó desde una discoteca que había organizado una fiesta de salsa.

—Amiga, ¡tienes que venir! —Celina gritaba para hacerse oír entre la música.

—Pero, Celi, ¡si es de madrugada! A esta hora no voy a salir...

—¡Tengo varios amigos a los que les he hablado de ti y quieren conocerte! ¡Tienes que venir! —le volvió a gritar Celina, como si no oyera lo que Alma decía.

—Qué va..., ya estoy casi dormida. ¡Hablamos mañana!

Alma colgó el teléfono, apagó la luz y se volvió a acostar. Pero a los cinco minutos el teléfono sonó de nuevo.

—¡Amigaaa! ¡¡¡Vente!!! ¡Esto está a tope! —La música esta vez era más suave. Seguramente se había metido en el baño.

—Celi, tengo clase a las ocho de la mañana —le contestó Alma entre bostezos.

—Por un copazo que te tomes no va a pasar nada. ¡No seas aburrida!

—No, no, paso esta vez. *Bye*.

Alma colgó y se dispuso a dormir. Pero el teléfono sonó otra vez.

—Tía, tía, tíaaa..., ¡tienes que venir! ¡Acaba de entrar el fichaje nuevo del Madrid! ¡Flipaaa! ¡Está aquí! —le dijo con la voz más chillona que nunca.

—Celi, ¡qué loca estás, de verdad! ¿Me vas a seguir llamando? —pregunto Alma, incorporándose.
—Clarooo, tíaaa. Hasta que te vengas.
—Ya voy, ya voy... Ahora te veo —le respondió, resignada.

Si algo tenía Celina es que era insistente y solo pensaba en el ahora, no en el mañana. Y eso a Alma, que siempre pensaba de más y le daba mil vueltas a todo en la cabeza, le venía bien. Así podía mantener un cierto equilibrio.

Se levantó de la cama con más sueño que ganas, se puso unos vaqueros y una camiseta de los Rolling Stones sin mangas que ella misma había cortado y salió. Estaba haciendo todo lo contrario a lo que le había dicho la tía Carmen, pero tuvo mucho cuidado y caminó rápido por el lado de la calle más iluminado hasta la parada de taxis.

Esa noche Celina le presentó a tanta gente que no recordaba sus nombres ni quiénes eran cuando regresó a casa. A todos, además, Celina les decía que Alma era una supermodelo. Realmente, con amigas así, ¿quién necesitaba más? ¡Qué suerte tenía de haber encontrado a alguien que era, además de muchas otras cosas bonitas, su fan más incondicional!

Aquella fue una de las noches más divertidas de su vida. O, más bien, una de las amanecidas más divertidas de su vida, porque entró en casa con la salida del sol. Tenía el tiempo justo para cambiarse y tomarse un café antes de marchar a la facultad. Llegó agotada a las clases y sin poder procesar nada de lo que escuchaba. El cansancio fue aún peor a mitad del día, pero «¡que me quiten lo bailao!», pensó Alma, recordando cada instante de la noche anterior.

Cualquiera de las marujas de su pueblo habría dicho que Celina no era la mejor influencia, pero para Alma era, probablemente, lo mejor que le había pasado hasta el momento. Ella siempre había sido tan cuadriculada desde pequeña, sin pasarse de la raya jamás, sin querer dar de qué hablar, sin saltarse las reglas, sin destacar ni hacer mucho ruido para que no la molestaran o le hicieran daño... que Celi llegó como una bocanada de aire fresco a descubrirle lo bonita que podía ser la vida cuando importaba un pepino lo que los demás pensaran de ti.

Fue la única persona capaz de romper con su timidez en poco tiempo. Celina le hacía sentir segura, poderosa, valiosa. La animaba a dar pasos pequeños y grandes para conquistar lo que quería. Alma, sin darse cuenta, había encontrado a una de sus maestras de vida.

Celina conocía tan bien la ciudad —y la ciudad entera la conocía a ella— que se sorprendió cuando supo que no era española de nacimiento. Lo descubrió un tiempo después. Había nacido en Perú, en el seno de una familia vinculada a la política, y cuando su padre fue asesinado por un grupo violento, su madre, que era una actriz muy reconocida en el país, tuvo que dejar todo atrás y emigrar a España con sus hijos muy pequeños. Se reinventó por completo y encontró una salida en la costura. No habían tenido una vida fácil. Para ningún emigrante lo es.

Celina trabajaba en ese momento como chef en un restaurante, hacía horas extras a menudo para sacar un poco más de dinero, apoyar a su madre y también poder salir cuando quería. Ella y sus hermanos estaban muy unidos a su madre, que, a pesar de las circunstancias que le había tocado vivir, había mantenido una familia fuerte y recia. Se tuvo que echar a sus tres hijos a la espalda y salió adelante en un país ajeno. Tal vez por eso, por todas las dificultades que habían atravesado ella y su familia tras el asesinato de su padre, Celina actuaba casi siempre sin vergüenza para pedir cualquier cosa a quien hiciera falta, como si nada importara demasiado y la única meta fuese disfrutar el momento y ser feliz, porque mañana quién sabía lo que ocurriría.

Medía apenas uno cincuenta y cuatro, pero Celina tenía tal presencia y seguridad que jamás pasaba desapercibida. Era preciosa, con una belleza luminosa de la que no era consciente. Su agenda siempre estaba llena de planes, conocía gente en todas partes y en todos lados la recordaban con cariño. Alma a veces bromeaba diciendo que era la alcaldesa de Madrid, saludando a todo el mundo allá por donde pasaba (y, si no los conocía, los saludaba de igual modo, se presentaba y, de paso, la presentaba a ella también).

Alma, con sus veinte centímetros más de estatura, entraba siempre unos pasos después de ella y esperaba a que Celi hiciera lo suyo y desplegara su magia, metiéndose a todo el mundo en el bolsillo, para luego presentarse ella. Salir y estar con Celi la protegía de sus propios miedos y, solo cuando se sentía en confianza, se permitía deshacerse de ese cascarón que aún llevaba encima. Y si algo le aportaba Celina era esa seguridad de que a su lado todo acabaría bien, aunque no lo pareciera.

—Mira a ese chico, el de negro —le dijo Celi un día mientras estaban en la barra del Fortuny.

Era una discoteca de moda, en donde las bebidas eran muy caras, pero ellas solían entrar y el gerente, amigo de Celi, les regalaba una copa; así saludaban, pasaban un rato y se iban.

—Es guapo, ¿no? Y no para de mirar. Yo creo que quiere hablarte y no se atreve —le respondió Alma.

El chico era uno de esos muchachos medio famosillos que arrancaba pasiones por donde pasaba. Estaba con un grupo de amigos, todos guapos.

—No, tía, yo no tengo que esperar a que él se decida —dijo firme Celina—. Si la montaña no va a Mahoma, Mahoma va a la montaña.

Y, acto seguido, se bajó del taburete y fue hasta él, ante la mirada incrédula de Alma. Para Celina no había obstáculos. Su seguridad la dejaba con la boca abierta. Ojalá aprendiera a ser así de atrevida, aunque fuera un poquito. Mientras la veía en acción, pensó que cada chica tímida como ella necesitaba a una Celina en su vida. Su amiga saludó al guapete como si lo conociera de toda la vida.

—¿Puedo invitarte a un chupito? —Escuchó que le decía Celina.

—¡Claro! ¡Gracias, guapa! —contestó él, muy seductor—. ¡Somos diez! —le gritó al barman, señalando a todo su grupo de amigos.

Celina miró a Alma, pálida. Eso sí que no se lo esperaban ninguna de las dos. Una ronda de doce chupitos en Fortuny era una verdadera fortuna para ellas, nunca mejor dicho. ¡La jugada le había salido fatal! Alma alcanzó a ver a Celina sonreír con el labio medio tembloroso y decir: «¡Claro! ¡Chupitos para todos!». Pagaron los chupitos entre las dos y salieron de allí a las tres de la madrugada sin un duro pero muertas de risa.

—¡Es que te has pasado tres pueblos! «Te voy a invitar a un chupito, a ti y a tus dieciocho mil amigos. ¡Solo porque eres guapo y yo soy Celina, la irresistible!» —la imitaba Alma, con la voz seductora y actitud de mujer alfa.

Celina no atinaba a decir ni una palabra. No pudo reprimir las carcajadas al recordar ese momento.

—Ríete, sí... A ver cómo pagamos ahora el taxi, babosa —dijo Alma bajito tratando de aguantarse la risa.

Y, efectivamente, cuando llegaron al piso de Alma, las cuentas no les salían. No tenían para pagarlo.

—Espere aquí un momentito, señor. Ahora bajamos con el dinero —le dijo Celi al taxista.

El taxista, que era un buen hombre, confió en ellas. Subieron rápido los dos pisos hasta el apartamento de Alma y ahí se pusieron a vaciar bolsos, bolsillos de pantalones, revisar abrigos, mirar bajo el sofá... Buscaban monedas para pagarle al taxista, que esperaba pacientemente abajo. Por fin, en una bolsa de plástico del súper, Celina metió todas las monedas que habían encontrado y bajaron. Celina le entregó al taxista la bolsa. El hombre no daba crédito a sus ojos. Alma tampoco. Celina, con su desparpajo habitual, prosiguió:

—Ahí está todo. Usted confíe. Muchas gracias y buenas noches.

Era una escena como de comedia. Esa noche no pudieron dormir, les entraba la risa tonta a cada rato.

—Todavía no puedo creer que nos hayamos gastado todo en los chupitos del tío ese... ¡y casi no podemos pagar el taxi! ¡Qué vergüenza, Celi! —A Alma todavía le costaba creer cómo habían acabado la noche.

—Calla, calla. Que cuando dijo que eran diez me empezaron a temblar las piernas. Pero ¡tengo su número, tía! —le confesó Celi, enseñándole su Ericsson con el número apuntado en la pantalla.

—¡Ese debe de ser el número de teléfono más caro de la historia! —respondió Alma, riéndose.

—Sí, sí..., pero ¡lo tengo! —sentenció con una sonrisa de medio lado y un guiño.

Unos días después, y tras varias llamadas y mensajes de texto, el chico de los chupitos la invitó a salir. Y aunque aquel romance duró poco, la lección de empoderamiento de Celi se le quedó grabada a Alma para siempre.

Con Celina celebró su primer cumpleaños en la ciudad a tope. Y fue justo en su cumpleaños cuando se dio cuenta de que no tenía ni idea de cuántos años tenía Celina y que, por mucho que insistiera, nunca se lo diría. Se hacía la loca cada vez que le preguntaban por su edad.

—¿Cuántos cumples este año, Celi? —le dijo, compartiendo un trozo de tarta.

—Los mismos que cumplí el año pasado —decía ella, saboreando las migajas.

—¿Cómo que los mismos que cumpliste el año pasado? Será uno más, ¿no? —seguía insistiendo, divertida.

—No..., los mismos.

—No entiendo nada. ¿Cuántos cumpliste el año pasado?

—Pocos...

—Pero ¡si eres joven, Celi! ¿Por qué lo ocultas?

—Que yo no lo estoy ocultando, tía. —Y cambiaba de tema—. Oscar Wilde decía que no se puede confiar en una mujer que dice su edad porque quien cuenta eso es capaz de contarlo todo. Así que ya lo sabes. Puedes confiar en mí. ¡Soy una tumba!

—Pero ¿qué dices? Qué loca estás... Ese no es el punto, Celi...

—Qué pesadita eres. Venga, vámonos al garito ese que te mola en Juan Bravo...

Y así zanjaba cada conversación que tuviera que ver con su edad. A Alma le divertía mucho y por eso seguía insistiendo. En cualquier caso, Celina tenía el espíritu y la actitud más joven que existía en el planeta, pero al mismo tiempo se podía hablar de cualquier cosa con ella, incluso de temas serios, como sus sueños de carrera y sus finanzas. Así que le confesó que necesitaba un trabajo para poder pagar el apartamento y los gastos de sus estudios. La pasarela todavía no le daba para eso.

Celina apareció un día con la solución: las dos amigas comenzaron a trabajar como parte del equipo de Relaciones Públicas de Serrano 41, la discoteca más famosa de la ciudad en ese momento. Celi solía quedarse a dormir con ella los fines de semana porque la casa de su madre estaba muy al norte, en la periferia de Madrid. Se llevaba algo de ropa y se iba al día siguiente, después de dormir solo tres o cuatro horas, para cumplir su turno en el restaurante. Alma también se sorprendía de la energía que tenía Celina, la misma para irse de fiesta que para trabajar religiosamente sin apenas descansar. Era como una muñequita de pilas alcalinas: inagotable.

Tan pronto como llegaba el lunes, Alma regresaba a la facultad a estudiar y a hacer castings, y Celi, a su trabajo en la cocina. Cuando Alma conseguía algún *booking*, su amiga siempre le decía que negociara bien sus condiciones de trabajo, que exigiera que le pagaran el transporte. Poco a poco la fue asesorando para que cada vez afrontara las pruebas más segura de sí misma. Ella jamás pedía nada, aunque le encantaba escuchar a Celina y tomar nota de sus consejos. Siempre fue su mánager de corazón.

Con los bolsillos más holgados gracias al trabajo en Serrano, las «compañeras de batallitas», como ellas se llamaban entre sí, hicieron arder Madrid. Se arreglaban, se ponían sus tacones, salían a todos los sitios de moda y nunca hacían cola para entrar. Recorrían Teatro Kapital, Empire, Keeper, Gabbana y Almonte cuando tenían ganas de ir a bailar sevillanas y rumba flamenca, y muchos más locales contaban con su presencia. Eran el mejor ejemplo de cómo disfrutar la noche madrileña. Allí donde estaban ellas ocurría todo. Reían sin parar, brindaban, bailaban y acababan siempre a las mil de la madrugada cantándose a gritos alguna de El Canto del Loco.

Eso sí, siempre se cuidaban la una a la otra y se cubrían las espaldas. Celi se sentía un poco responsable de Alma porque sabía que sus padres no estaban en Madrid, y Alma se sentía responsable de Celina al conocer ese pasado trágico de su familia, por lo que no quería que nada ni nadie la lastimase.

Esas noches de fiesta empezaban siempre con una cena en algún sitio que recomendaba Celina, y es que ella, por su herencia peruana, sabía de buena gastronomía. Con ella, Alma aprendió también lo que era un gin-tonic, un mojito o un cosmopolitan. Este último en parte por culpa de *Sexo en Nueva York*, serie que veían juntas en su apartamento. Aprendió de farándula y, cómo no, de deportes, porque más de una vez se topó con jugadores de fútbol de las ligas europeas que se iban de fiesta a Serrano 41 tras ganar algún partido en el Bernabéu o en el Vicente Calderón.

Celina y Alma siempre saltaban directas a la pista de baile, les regalaban las copas, perdían alguna chaqueta o el móvil en la discoteca y se iban a dormir. ¡Esas dos eran un peligro juntas!

Una vez a Celina se le ocurrió llevar a un chico que estaba conociendo a Serrano 41, donde trabajaban las dos. Se llamaba Diego. Era un chico muy serio, muy correcto, de esos que se peinaban el pelo para atrás con gomina y se ponían camisa abotonada blanca bajo el suéter azul marino. Alma, en cuanto lo conoció, se dio cuenta de que, por mucho que Celi estuviera interesada en él, al chico le faltaba chispa. Esa chispa que le sobraba a Celina.

—¿Vienes mucho por aquí? —preguntó Diego.

—Nooo, qué va..., si apenas salgo —dijo Celina tratando de hacerse la modosita.

Al escucharla, Alma casi se atragantó con su gin-tonic.

—Aaah..., es que veo que saludas a todo el mundo y que todo el mundo te conoce... —murmuró Diego.

—Es que Celina es muy querida y popular..., pero apenas viene por aquí —le aclaró Alma—. Ella no sale mucho de fiesta, casi hay que obligarla. —Y entre las dos se hicieron un guiño.

Pero Ángel, que trabajaba en la barra, le gritó a Celi desde la otra esquina del bar:

—¡Esponjitaaa!, ¿lo de siempre?

Ángel, como todos los que trabajaban allí, ponía copas en Serrano para poder tener un dinero extra mientras acababa la carrera. Era un chico alto, atractivo y muy simpático. Le encantaba ponerle motes a la gente. A Celina le puso Esponjita porque decía que absorbía el gin-tonic.

—¿Esponjita? ¿Por qué te ha llamado así? —preguntó Diego, sorprendido.

—Ay, Dios mío, ¡lo mato! —dijo Alma entre dientes.

—Pero ¿cómo se atreve? La verdad es que no lo entiendo, seguro que se ha confundido —respondió indignada Celina.

—Seguro que fue eso —reafirmó Alma, dispuesta a salvarle el pellejo como fuera a su amiga.

Pero Ángel insistió.

—¡Esponjita! ¿Que si te pongo lo de siempre?

—Otra vez te ha llamado Esponjita —dijo Diego levantando una ceja.

—Pues se ha vuelto a confundir, yo creo que se piensa que es otra chica —le contestó Alma, defendiéndola nuevamente.

Las dos amigas formaban un equipo. Si una mentía, la otra juraba. El ambiente se puso algo tenso. Diego no estaba cómodo y se fue poco después. Celina echó una mirada asesina a Ángel y no le habló en toda la noche. El enfado le duró unos días. Estaba muy molesta y no quería verlo ni en pintura. Le había arruinado su cita con Diego, el sosete. «Pobre Ángel, ¿qué sabía él?», pensó Alma. Pero muy dentro de ella se sintió aliviada por que Diego se hubiese marchado, no veía un buen futuro para su amiga con él. Poco después, Ángel se marchó a Londres a continuar sus estudios. Así que Celina no tuvo tiempo de reconciliarse con él, no se volvieron a ver ni a hablar más.

Aquellos fines de semana fueron memorables. Se decía que Nueva York era la ciudad que nunca dormía, pero naaah... Si había una ciudad que no dormía nunca era Madrid con sus madrileños. Nacidos o de adopción. Todos los días, de lunes a domingo, pasaban cosas. Siempre estaba viva, siempre llena de ruido. Y a Alma eso la hacía feliz. Esa fue quizá la época más divertida y despreocupada de su vida. No había chismes y, si los había, muy poco le importaban ya. Tampoco había acosadoras ni ninguna mirada inquisidora que temer. Cada uno estaba a lo suyo.

Mientras los castings eran cada vez más esporádicos y su futuro como modelo más incierto que nunca, Alma, en cambio, se sentía poco a poco más segura y menos introvertida. Estaba saliendo de su cascarón para disfrutar de cada minuto y cada esquina de la ciudad. Fue felizmente irresponsable por primera vez, dejando un poco atrás a la niña perfeccionista y temerosa que había sido. Esa época en Madrid la recordaría siempre como la mejor de su vida: cada día brindó por la amistad, la libertad y la alegría más auténticas.

Alma y Celina, las dos solteras, supieron disfrutar cada momento, y aunque Celi era una chica muy romántica, Alma tampoco la veía muy interesada en echar raíces con nadie. Al menos eso pensaba. Pero una noche en la que se quedó en su casa, Alma se levantó de madrugada a encender la calefacción y la escuchó llorar a moco tendido en el sofá.

—Celi, ¿qué te pasa? —le preguntó, muy preocupada.

Ella casi no podía hablar. Tenía la pantalla del móvil encendida. Había enviado un mensaje al chico con el que estaba saliendo en ese momento y no le había respondido.

—Nada, tía. Que Pablo no me dice ni «hola» desde hace cinco días. ¿Por qué ningún chico me toma en serio? ¿Por qué juegan conmigo? ¿Qué tengo de malo?, dime. —Y seguía llorando con el corazón partido en mil pedazos—. ¿No soy suficiente o qué?

—Claro que eres suficiente, Celi. Eres todo. Ese es un idiota. No le hagas caso. No vale la pena —replicaba Alma.

—Joder, pero me duele. Y quiero que al menos dé la cara y me diga por qué no quiere nada conmigo.

—No me había dado cuenta de que estuvieses tan interesada en él...

—Sí, me gusta mucho, tía, pero pasa de mí. No me responde ni los mensajes ni las llamadas. Le he dejado varias perdidas y nada —respondió Celi, claramente frustrada.

—¿Y por qué no me lo habías contado? No sabía que te sintieses así —le dijo suavemente.

Se sentó junto a ella y le pasó la mano por el cabello como si quisiera peinarla, como su madre hacía con ella cuando necesitaba consuelo. Celi no respondió. Solo lloraba. Alma se conmovió en lo más hondo. Su amiga, la que siempre se mostraba llena de vitalidad y feliz, que era el alma y la alegría de la fiesta y animaba a todo el mundo, en realidad estaba hecha polvo porque no conseguía que cuajase ninguna relación con los chicos que le gustaban. Muchos hombres se acercaban a su amiga. Siempre ligaba, pero ninguno se convertía en un novio que la quisiese de verdad. Celina siempre había deseado un amor bonito, de esos que abrazan, que reinician, de esos que invitan a cenar y envían flores a casa el día después. Esperaba alguien especial que solo tuviese ojos para ella... Y no se merecía menos.

Alma sabía que Celina, cuya edad seguía siendo un misterio, era mayor que ella. Quizá estaba cerca de terminar la década de los veinte. Era probable que creyera que ya era el momento de sentar cabeza, pero se estaba angustiando porque el indicado nunca llegaba. Cargaba quizá con la presión que la sociedad imponía a las mujeres de que a cierta edad debían tener un novio formal para casarse después y tener hijos y una familia… Nunca entendería por qué ellas debían cargar con ese peso. ¿Por qué siempre tenían que seguir tantas reglas de conducta? ¿Por qué no podían ser libres, vivir y tomar sus propias decisiones sin juicios ni presiones?

Esa noche, Celi le abrió su corazón y la amistad entre ellas tomó otro cariz. Alma la abrazó, la acompañó y entendió que incluso ella, que parecía la alegría hecha persona, sufría y padecía temores y carencias, aunque lo hubiese escondido y nunca hubiese contado nada. Y su papel era estar ahí para su amiga. Juntas. En las buenas y en las malas.

10
Te vi venir

Alma nunca olvidaría aquel 11 de septiembre de 2001, cuando la televisión emitió en directo el instante justo en el que el segundo avión se estrelló contra una de las Torres Gemelas. Recordaría toda la vida la voz de Matías Prats dando la noticia. El mundo, entonces, cambió para siempre.

Aterrorizada, llamó a Celina para confirmar que ella también lo había visto. Lloraron juntas por teléfono. Alma se dejó llevar por el asombro del impacto y el horror de lo ocurrido. Sus padres no tardaron en llamarla para comentar lo que había pasado tan pronto como colgó con Celina.

—¿Ves por qué no quiero que vivas en una ciudad tan grande, mi niña? Hay mucha gente mala, mira la que han liado estos terroristas… Si pasara algo allí…

—¡No, Mariano, ni lo digas! ¡Dios nos libre! —lo interrumpió Ángeles con la voz quebrada.

A Alma tampoco se le olvidaría el miedo colectivo de que aquello tan horrible pudiera ocurrir en otras capitales del mundo. Caminaba por el paseo de la Castellana mirando hacia el cielo. ¿Quién se atrevería ahora a subirse a un avión después de que tantas familias se hubiesen quedado rotas con esa tragedia? Odiaba admitirlo y jamás lo confesaría, pero, si todavía viviese con sus padres en la casita de campo de Toledo, seguro que se habría sentido menos vulnerable que en aquellos días en Madrid.

Una noche de fiesta con Celina conoció a un chico. Era guapo, alto, de pelo castaño y tez muy blanca. Tenía una de esas sonrisas que enamoran y unos ojos color miel que hacían temblar el suelo de Alma cuando la miraba. No pudo resistirse, le encantaba estar cerca de él. Al principio hacían planes en grupo con Celi y todos los demás amigos que tenían en común, pero luego empezaron a verse ellos dos solos. Por primera vez Alma sentía mariposas en el estómago cada vez que él se acercaba. Se llamaba Fran y era un poco mayor que ella. Viajaba muy a menudo fuera de Madrid por trabajo, así que solían verse cada dos semanas, pero hablaban por teléfono cuando él encontraba un hueco en su apretada agenda. No fue una relación muy formal, pero Alma se enamoró. Estaba viviendo con ilusión y emoción su primer amor. Le gustaba cómo olía y cómo le sonreía. Era muy dulce y atento con ella, todo un conquistador. No obstante, en ocasiones no avisaba para cancelar una cita, y Alma se quedaba esperándolo hasta que se daba cuenta de que ya no iría a recogerla para cenar como habían acordado. Entonces se quitaba el maquillaje, se ponía el pijama y se iba a dormir apenada y decepcionada. Era una montaña rusa. Había un día maravilloso de risas y luego cuatro días de llanto. ¿El amor era así de dramático? Años después entendería que no, pero esta era su primera relación, y no, no era como la pintaban en los cuentos de hadas.

A pesar de que Alma lo quería mucho, no sentía la confianza suficiente con él para abrirse y para contarle sus sueños. Ni siquiera se le pasaba por la cabeza la idea de planificar un futuro juntos. Disfrutaban cuando estaban el uno con el otro, pero no había proyectos en común. No lo sentía como un posible compañero de vida, aunque, bueno, todavía era muy joven para pensar en el futuro, apenas había cumplido veinte años.

—¡Deja a ese pringao! ¡Si eres un pibón! ¡Puedes estar con quien quieras! —le repetía Celina animándola.

—Pero es que lo quiero mucho, Celi… —replicaba Alma, medio tristona.

—¿Cómo vas a querer a alguien que te da un plantón para cenar y ni te avisa? ¡Eso es una falta de respeto! Y tú eres una princesa con todas las letras… Él se lo pierde. Que le den, tía. ¡Vámonos!

Ojalá Alma hubiera podido verse siempre a sí misma como Celina la veía a ella. Habría sido capaz de todo. Pero también Celi tenía sus días de bajón; seguía sin sentirse correspondida cuando se fijaba en un chico. Alma no lo entendía porque su amiga era la chica más divertida, alegre y carismática que había en Madrid. Bonita por fuera y bonita por dentro. Merecía alguien que la cuidara y diese todo por ella.

Estaban siempre juntas, como Zipi y Zape, y eran las chicas de moda de Madrid, con fama de bandidas, de atrevidas, de pasar de todo…, pero nadie las veía llorar con el corazón roto escuchando a Álex Ubago en la radio del taxi de camino a casa. Ellas mismas eran conscientes de la pena que daban, a veces incluso se reían desconsoladas de la situación.

En cuanto acabó el contrato con la agencia que Miss España le impuso, Alma encontró otra, de nuevo, gracias a la ayuda de Celina, que tenía contactos en todos los rincones. Pronto le propusieron apariciones esporádicas en algún que otro editorial de moda o en algún anuncio..., pero nada tan consistente como para poder vivir de ello ni tan glamuroso como pensaba que sería. Hacer fotos para un catálogo de gorros de ducha no era precisamente lo que había soñado. Dejó pasar muchos castings, totalmente desmotivada.

No quería olvidar su sueño de ser una top model ni de estar en un póster gigante en la Gran Vía como Kate Moss en su momento cumbre, aunque, para qué vamos a mentir, la ciudad se la había «comido», pero, al mismo tiempo, también la compensaba llenándola de distracciones. Amigas, fiestas, chicos... eran las tiritas que le ponía a su frustración por no haber cumplido su mayor deseo.

Era joven, sí, pero Alma tenía prisa. Siempre la tenía para todo. A esas alturas de su vida, ya se había imaginado en París desfilando, como las grandes. Y no, la realidad distaba mucho de eso. Se sentía traicionada y desilusionada por sus propias expectativas. Como si una chica de un pueblo pequeño hubiera soñado demasiado a lo grande. Se notaba un poco desconectada de lo que había sido la ilusión de su vida desde pequeña, ya no albergaba la misma certeza de que era posible. Aun así, seguía soñando con que un cazatalentos se fijaría en ella en una de sus noches en Serrano 41 y su carrera despegaría como un cohete.

En esa época estaba fascinada con *Operación Triunfo* y sus concursantes. El programa causaba adicción. Celina llegaba con una botella de vino del súper, pedían en Telepizza y se tiraban en el minisofá a ver a David Bisbal y a Manu Tenorio. Para esos chicos la vida cambió de la noche a la mañana. Era tan bonito ver cómo estaban haciendo su sueño realidad. Cuánto deseaba Alma que le ocurriese lo mismo, pero entonces no había un *reality show* que convirtiera a chicas desconocidas en top models.

El tiempo transcurría entre amigos, clases, copas y canciones, y entre algún que otro altibajo emocional. Alma no tenía un plan B que le emocionara si no alcanzaba su sueño. Decidió estudiar Periodismo para decirles a sus padres: «Tengo una carrera y un diploma», pero en realidad lo que le llenaba la vida y el alma era ser modelo, una top, viajar por el mundo, que la fotografiasen para *Vogue*... Nunca se planteó la remota posibilidad de que su sueño no se cumpliera. Ahora, tras varios años en Madrid, la idea de que no lo lograse tomaba cuerpo. Le dolió. Lo peleó. El corazón se le rompió. Lo terminó aceptando como quien pasa por todas las etapas del duelo. ¿Qué iba a hacer con su vida? ¿Adónde se iban los sueños que no se cumplían? ¿Se morían? ¿Se transformaban? ¿Se escondían? ¿Había sido todo nada más que una tontería de niña pequeña? Le estaba resultando muy difícil crecer.

Después de una de aquellas largas noches en Serrano 41 fue con Celina y Miguel, su compañero de universidad, a comer un sándwich al VIPS de al lado. Y mientras esperaban a que se lo trajeran, ¡boom! ¡El notición del momento! En la pantalla de televisión aparecía la imagen de una presentadora del *Telediario*, pero no era ella quien daba las noticias, sino que protagonizaba todos los titulares. Letizia Ortiz, una joven periodista de La Primera, se convertiría en reina de España. Se había filtrado que salía con el príncipe Felipe, heredero de la Corona. Todo el mundo estaba revolucionado.

—¡Qué guapa es! ¡Qué elegante! —exclamó Miguel.

—¡Guapísima! Es que hasta con ese traje de chaqueta aburrido que lleva en el *Telediario* parece una reina. ¡Tiene un toque, un cierto parecido a Rania de Jordania! —comentó Celina con una sonrisa como de satisfacción por la elección del príncipe, como si ella misma los hubiese presentado.

A Alma le hacía un poco de gracia su actitud.

—Tía, ¡y es periodista! Estudió en la Complutense como nosotros —apuntó Miguel, con orgullo de colega.

Todo era verdad. Alma no podía apartar los ojos de la televisión, observaba los gestos de la entonces novia del príncipe. No solo era la primera mujer en España que aspiraba a una boda real sin tener una gota de sangre noble, sino que, además, algo impensable en otros tiempos, estaba divorciada. Parecía fuerte, segura, absolutamente *fearless*. ¿Habría soñado de pequeña con ser reina? ¿Había pasado alguna vez ese sueño por su cabeza? ¿El destino la había elegido a ella? ¿O fueron sus decisiones las que la llevaron hasta él? Demasiadas preguntas. Alma no tenía idea de cómo funcionaba la vida, pero si algo le quedó claro esa noche es que podía ser misteriosa y mágica.

«El día que menos me lo espere la vida me va a sorprender a mí también y de alguna forma me va a acercar y a empujar a donde quiero llegar. ¿Por qué no? Todo puede ser», pensó. Esa noche, sin pretenderlo, la futura reina de España le devolvió a Alma la esperanza de que todo era posible en esta vida. A su debido tiempo, quizá. Sin la prisa con la que ella quería que sucediera. Pero sería posible, lo lograría.

Tras muchas idas y venidas que los distanciaron, Alma y Fran rompieron. Él, persiguiendo también sus sueños, se mudó lejos de Madrid. Por muy duro que fuese, después de tanto tiempo juntos, Alma no sabía qué tipo de relación habían tenido. ¿Habían sido novios? ¿O solo amigos un poco especiales? Ella se había enamorado, lo tenía claro. Pero ¿y él? No estaba segura. Siempre había tenido esa duda. Pero estaba ilusionada y no quería admitirlo.

Esa noche sentía que se asfixiaba con todas las emociones que le desbordaban el corazón y llamó a Celi. Necesitaba desahogarse. Era su primera ruptura. A los cinco minutos, su amiga ya estaba llamando al timbre. Celina, una vez más, al rescate.

Celi era intensa, energética, casi como un huracán, pero era el mejor huracán que podía pasarte por encima. Casi siempre lograba sacarle a Alma una sonrisa, por muy fea que estuviera la situación; si no podía, lloraba con ella. Era la amiga con la que siempre había soñado, desde aquellos tiempos en los que se sentía tan sola en el pueblo.

—Ponte los vaqueros esos que te gustan... ¡que nos vamos de marcha! —dijo Celina con voz firme.

—Que no, tía, que no estoy con ganas de hacer nada. Déjame tranquila —le respondió Alma, medio amargada.

—Te pones los vaqueros o te llevo en bragas, pero ¡nos vamos ya! —le gritó Celi.

Al final lo consiguió, la «amiga huracán» sacó a Alma, casi de los pelos, al ritmo de «Puedes contar conmigo», de

La Oreja de Van Gogh, mientras buscaban un taxi. Llegaron a Kapital, la otra discoteca top del momento, lo bailaron todo, se tomaron un gin-tonic y, de repente, la vida parecía un poco mejor. Celi siempre conseguía ser el arcoíris en los días de lluvia.

—En las buenas y en las malas —repitió, como hacía siempre.

—Y siempre mejor con un «¿te acuerdas?» que con un «¿te imaginas?» —le respondió Alma con una sonrisa.

—Claro, claro..., y mejor pedir perdón que permiso. —Se rio Celina.

—¡Vamos a sacar un libro de frases de motivación!

—O frases de perdición, mejor dicho. —Y se reían las dos a carcajadas.

Amanecía en Madrid cuando Alma entró en casa. La noche había merecido la pena. Vio una llamada perdida de su padre. Dudó en llamarlo por la hora que era, porque se daría cuenta de que acababa de llegar de fiesta. Le extrañó que la hubiera llamado tan temprano. Se asustó. El corazón le latió muy rápido. ¿Les había pasado algo a sus padres?

—Hija..., ¿dónde estás? Dime, ¿dónde estás? —le dijo su padre alarmado y acelerado tan pronto como contestó el teléfono.

—Estoy en el apartamento, papá. ¿Qué pasa?

—No salgas de ahí. No salgas a la calle, por favor, no salgas.

Alma no entendía nada. Su padre sonaba nervioso, sobresaltado y angustiado. Todo al mismo tiempo.

—Pero ¿qué ha pasado, papá?

—Que han puesto una bomba en un tren en Atocha. Han matado a cinco o seis personas... ¡Tú en tu casa y prométeme que hoy no sales de ahí! Ni metro ni nada. Prométemelo, Alma —le suplicó.

—Tranquilo, papá, aquí me quedo. Voy a poner la televisión.

Allí estaba de nuevo Matías Prats, en Antena 3, más serio que de costumbre, dando la noticia más terrible que había escuchado en mucho tiempo y que además había acontecido en su país. En su propia ciudad. A unas estaciones de casa y muy cerca de donde había estado esa noche con Celina. Unos terroristas habían puesto bombas en cuatro trenes de la red de Cercanías de Madrid, alrededor de las siete y media de la mañana, apenas una hora después de que ella regresara en metro. Y no habían sido cinco o seis las personas fallecidas, como decía su padre, sino que hubo un total de ciento noventa y tres víctimas. Sintió como si una daga le atravesara el pecho de la pena.

Alma recordaba siempre exactamente dónde estaba o qué estaba haciendo cuando ocurría algo muy bueno o, como era el caso, algo triste e impactante. Eso tenía que ser la memoria del corazón, que no dejaba olvidar esos momentos por más que ella quisiese. Estaba segura de que ningún español olvidaría aquel 11 de marzo de 2004. La crueldad y el terror hicieron sangrar a Madrid y a todo el país.

Al día siguiente, Alma cogió un taxi para ir a una cita médica que ya tenía programada. El taxista iba escuchando la radio bajito, nadie en la ciudad se atrevía a subir el volumen. Y entonces, a las doce de la mañana, anunciaron por la radio el minuto de silencio en honor a las víctimas del atentado. El vehículo se detuvo en medio de Velázquez, como todos los coches a su lado, que se pararon también. La gente salía de los coches y bajaba la mirada con respeto. Otros que caminaban por las aceras se pararon en seco.

Para Alma aquello fue sencillamente estremecedor. Madrid, que siempre parecía una ciudad viva, que nada podía detenerla, ahora se encontraba completamente parada y en absoluto silencio. No podía dar crédito a lo que veía ni a lo que sentía. Le resbalaron un par de lágrimas por la cara. Se sentía asustada e impresionada, pero no era la única. Un mismo dolor flotaba en el aire y atravesaba el pecho a más de cinco millones de habitantes. Lo sucedido dolía, dolía mucho. Pero fue más doloroso cuando terminó aquel homenaje y la vida tuvo que seguir. Todos arrastraban la tristeza por los que se fueron y el temor y la incertidumbre de si volvería a pasar.

Transcurrió algún tiempo hasta que Alma y Celina cogieron el metro de nuevo. Y tardaron aún más en recuperar el ánimo para salir de fiesta. Alma perdió la cuenta de las llamadas que recibió de sus padres, que no se cansaban de pedirle que tuviese cuidado, que no confiase en nadie, que regresase siempre temprano a casa, que pasase más fines de semana con ellos en Toledo y también los días que tuviese libres...

El miedo lo había impregnado y contaminado todo. Se había multiplicado la desconfianza. A veces se descubría en el autobús mirando de reojo a su alrededor, tratando de descifrar si la gente era buena o si tenía malas intenciones. Los ciudadanos siguieron viviendo en medio del dolor, pero sin vivir todavía plenamente.

Aquella atmósfera de miedo la hizo retroceder a la época en la que caminaba por Hornachuelos tomando vías alternativas, mirando a todos lados y sobresaltándose con cualquier ruido o cualquier saludo, temiendo encontrarse con las Emes. Alma no quería recordarlo, deseaba borrarse del cuerpo y de la memoria esa sensación de una vez para siempre, pero en algún lado había leído algo sobre que el miedo era una respuesta persistente a un trauma vivido a una edad temprana. ¿Era acaso ella una persona con traumas? Sintió algo de vergüenza, como si ella tuviera la culpa de lo que le pasó durante su infancia y adolescencia. Le costaba verbalizar aquellas vivencias, ni siquiera lo había conseguido con Celina, en quien más confiaba. Se lo había guardado para sí en lo más hondo de su alma.

Madrid vivió apagada, gris y triste durante varios meses. Las luces de los carteles de la Gran Vía no brillaban igual, la gente iba callada y crispada en el metro y por las calles de la capital, antes siempre tan luminosas. La primavera no fue como otros años. Alma se sentía culpable hasta por sonreír. De hecho, llegó a preguntarse si el ambiente deprimente de la ciudad se había apoderado de ella sin remedio.

Aquel suceso devastador le hizo cuestionarse su afinidad con la carrera que estaba estudiando. Se imaginaba dando esa noticia en un telediario y se le revolvía el estómago. En las clases decían que para ser periodista era necesario tener «la piel dura». Ella se posicionaba más en el lado bonito y sensible de la vida. Un periodismo más light, de entretenimiento, en televisión, que brindara alegría y distracción, podría ser una buena opción. Incluso especializarse en deportes, que Alma amaba, pero ya había hecho algunos intentos y no había tenido mucha suerte. La moda era lo que la emocionaba, pero, si no lo lograba —que cada vez era más claro—, ¿qué iba a hacer en el futuro? ¿Trabajar de relaciones públicas en una discoteca para siempre? Sabía que aquello era divertido y rentable, pero tenía una fecha de caducidad.

La vida no espera por nadie. Más pronto que tarde la joven regresó a la rutina, y también la ciudad. Alma siguió yendo cada día a la facultad y cada fin de semana al trabajo. El único empleo que tenía y sin saber aún qué haría con sus sueños y con su futuro. Pero ya lo resolvería, estaba segura.

Una noche de esas anodinas, a punto de irse a casa, Alma tropezó con un chico.

—Discúlpame, por favor. —El joven tenía un acento que a ella le sonó diferente.

—No te preocupes. No pasa nada —le contestó Alma tímidamente.

Pero sí pasaba algo: Alma sintió un flechazo instantáneo, y él también. Roberto, que así se llamaba, era supereducado, guapísimo, de cabello y ojos oscuros, alto y «con buen porte», como diría su madre, y era mexicano. Alma cayó cautivada por su perfume.

Las disculpas se alargaron. Sonaba «This Love», de Maroon 5, y Alma no quería que la noche acabara. La invitó a cenar al día siguiente, y fue cuando Alma pensó en el chico por el que había llorado tanto, Fran, y no lo extrañó ni un poco. Se dio cuenta de que a veces uno se aferra a alguien y sufre, sin querer dejarlo ir, y entonces la vida habla: «Mira, ven, hay más chicos en el mundo, muchas más emociones por sentir y momentos bonitos que vivir».

¡Y vaya que sí! A ese encuentro le siguieron otros. Roberto era un caballero, «como los de antes», diría seguramente su tía. La iba a buscar siempre a la puerta de su apartamento y se preocupaba por que estuviera cómoda antes incluso de que ella pensara que necesitaba algo más. A su lado se sentía hermosa, protegida, cuidada y valiosa.

Con su nuevo amor experimentó muchas cosas en muy poco tiempo. Para empezar, la contagió de ese humor tan especial, de ese carisma y ese colorido que los mexicanos llevan con ellos a todos lados, de esa amabilidad y calidez para con todos, con ese acento cantadito y esa capacidad de sobreponerse a las dificultades y echar para delante con alegría y humildad. Era justo lo que le hacía falta en ese momento, cuando la tristeza persistía por las calles de Madrid. Su mundo había vuelto a llenarse de colores.

—Celiii, tía, ¡es que es muy especial! —Alma estaba emocionaba cuando él la invitó a París, unas semanas después de conocerse.

—¡Tú te lo mereces, tía! Eso y mucho más… Aunque yo te esté perdiendo un poco de vista… ¡Disfruta! Guau, París… *Les croissants, le champagne, l'amour!* —Y, como siempre, se rieron a carcajadas—. Eso, pero tú calladita, no se lo cuentes a nadie más para que todo salga bien, que la gente es envidiosa.

En algún momento, Alma temió que Celina no se alegrara por su romance, pero todo ese temor se disipó con su reacción. Su amiga se alegraba de su felicidad como si le estuviese pasando a ella.

Ese viaje fue de ensueño. Alma por fin pudo ver de cerca la torre Eiffel, caminar por Saint Honoré y tomar el té en el George V. Roberto le habló sobre su familia, sus negocios y cómo había logrado sacarlos adelante trabajando desde muy joven. Él la trataba como a una reina, como siempre soñó, y Alma le admiraba mucho. «No importa si esto acaba dentro de poco. Habrá valido la pena cada segundo», se decía a sí misma cada vez que pensaba que Roberto tendría que volver pronto a su vida en México y que sería difícil mantenerse unidos cuando había más de nueve mil kilómetros de distancia entre ellos.

Apenas tres meses después de empezar a salir, tras un par de viajes Madrid-México y México-Madrid, en parte por trabajo pero también para visitarla a ella, Roberto le organizó una fiesta sorpresa el día que cumplía veintitrés años. Con la ayuda de Celina, había invitado a todos sus amigos y a sus padres, que fueron desde Toledo a escondidas, guardando el secreto. Cuando todo el mundo salió a la pista de baile, Roberto se arrodilló, sacó un anillo precioso y le pidió que se comprometiera con él al son de los mariachis cantando «Si nos dejan». Y ella dijo: «¡Sí!». ¿Cómo iba a decir otra cosa?

Todo parecía un sueño. Jamás se hubiera imaginado que el corazón la podía llevar a dar ese salto. De un día para otro, sin pensarlo mucho, se iba a ir con él a México, ¡a vivir! ¿Quién se lo iba a decir? Ella, que a todo le daba mil vueltas en su cabeza, esta vez no tuvo dudas. Cruzaría el charco por primera vez y lo haría por amor. Dejaría toda su vida en España atrás. ¿Todo atrás? ¿Qué pasaría con sus estudios en la universidad? ¿Qué pasaría con sus sueños de ser modelo? ¿Con su familia? ¿Y sus amigos?

Se lo cuestionaba, claro que se lo cuestionaba, pero sintió que no había nada como tomar una decisión con el corazón para que todo lo demás cobrase sentido en su interior, aunque, quizá, no lo tuviera para nadie más.

—Estudiaré a distancia y acabaré la carrera desde allí —les dijo, durante una cena en Toledo, a sus padres, asombradísimos con aquel giro de los acontecimientos que no esperaban y sin entender muy bien qué era eso de «estudiar a distancia».

Lo cierto es que Roberto quiso conocerlos cuando apenas empezaron a salir y en poco tiempo se había encargado de demostrarles a Ángeles y a Mariano cuánto iba a cuidar a Alma.

—Y seguro que en México hay mil oportunidades más que aquí para mi carrera de modelo... Es un país muy grande, con muchas posibilidades —les dijo ella.

De esto último Alma no estaba tan segura. Lo mismo había dicho de Madrid y solo había obtenido largas colas de castings y un puñado de anuncios que no la habían llevado a ninguna parte. No obstante, esas palabras sirvieron para tranquilizarlos, sobre todo a su madre, que la conocía tan bien, que sabía que ella no era el tipo de chica de ilusionarse con la idea de casarse y quedarse haciendo vida de esposa y nada más. Su padre, por su parte, no pudo con la noticia. Miraba al suelo, apretaba los dientes y aguantaba las lágrimas como podía. A duras penas articulaba palabra. En cuanto se levantó de la mesa y salió al jardín, su hija lo oyó sonarse la nariz, sin contener la emoción.

—No te pongas así —dijo Ángeles acariciándole la espalda—. A lo mejor se mudan pronto y vienen a España. A nuestro futuro yerno le encanta Madrid.

Aquello bastó para que el padre se desplomara. Alma también lloró, pensando en todo lo que dejaba atrás. Se sentó fuera de la casa, con el sol de un color amarillo intenso escondiéndose en el horizonte. Parecía uno más de esos girasoles gigantes que de pequeña le llevaba del campo su padre. La invadió la melancolía. Le daba paz ver que su madre estaba allí, a su lado, solidaria. Que ellos hubieran permanecido juntos y tranquilos tras su partida a Madrid era mucho más de lo que podía pedir.

—No me lo digas más, Ángeles. No me lo digas más. —Lloraba su padre de pena con el pañuelo empapado—. ¡Es una niña! Solo tiene veintitrés años recién cumplidos. Se nos va muy lejos... y muy rápido.

—Yo te lo dije siempre, Mariano, que se iría lejos... a por su futuro. ¡Si lleva toda la vida soñando con las pasarelas del mundo! Le va a ir bien..., ya verás. No puede quedarse siempre a tu lao como tú quieres. Tiene que hacer su vida.

Eso sí, Alma le hizo prometer a su novio que visitaría a sus padres y a sus amigos en España con frecuencia. Era lo único que pedía. Y, por supuesto, Roberto estaba de acuerdo en eso también.

Unos días después, Alma cogió sus maletas, cerró su apartamento, entregó las llaves y se dirigió al aeropuerto. No se despidió de Celina ni de sus amigos de Serrano 41 ni de los de la universidad, pero ellos ya sabían que «el salto» en algún momento iba a ocurrir, no los pillaría por sorpresa, porque desde que empezó su relación con Roberto la veían menos. Alma nunca había sido de despedidas, le costaban. Siempre rompía del todo para empezar desde cero. De camino al aeropuerto escribió un escueto SMS a Celina: «Te aviso cuando pase por Madrid. Sé que será pronto. Roberto me lo ha prometido. Te quiero», y lo envió parafraseando aquella canción que amaban de Ubago: «Esté donde esté, te estaré escuchando aunque no te pueda ver». Su amiga incondicional no la habría soltado sin organizar una fiesta inmensa de despedida, y Alma no quería eso. Aun sabiendo que le estaba rompiendo el corazón en mil pedazos y que ella también se iba con el suyo encogido, se subió a ese avión. Al grupo de la uni les mandaría un correo con fotos bonitas explicándoles las razones por las que había dejado la carrera en la Complu y les anunciaría que se reunirían todas las veces que regresase a España.

Sobrevolando ya el aeropuerto de Barajas, y mientras escuchaba «Te vi venir», de Sin Bandera, a través de los auriculares, comprendió que tampoco había querido sacar tiempo para pasear una vez más por sus calles favoritas de Madrid, su ciudad vitamina. Se la llevaba metida en la retina, el Madrid de los mejores momentos y el de los regulares. Su Madrid para siempre. Esos recuerdos serían inmortales. Alma se dio cuenta de lo fácil que se le había hecho siempre irse de cualquier lugar y dejar todo atrás; también fue consciente de que nunca había aprendido a despedirse.

Al aterrizar en el Aeropuerto Internacional Benito Juárez de la capital mexicana, la estaba esperando Roberto con una sonrisa de oreja a oreja y un ramo de girasoles, su flor favorita. Y así, como decía la canción, lo vio venir y no dudó. Una nueva vida empezaba para Alma al otro lado del mundo.

11
Aquí estoy yo

Ni un martes 13 era tan malo ni el 14 de febrero tan bonito. Pasaron cinco años desde que aterrizó en México hasta ese día de San Valentín en el que decidieron romper. Ella no se sentía completa y continuamente tenía un vacío en el corazón, y él notaba esa frustración y la relación empezó a deteriorarse. Y así, en los últimos meses, Alma se dio cuenta de que el momento del adiós se aproximaba.

—Siempre tuve el sueño de ser portada de *Vogue* —le dijo alguna vez, y no hizo falta más. Roberto, tan consentidor como siempre, le encargó al artista plástico más reconocido de México un cuadro de ella simulando la portada de la cotizada revista. Pero, aunque el gesto no pudo ser más romántico, eso no era lo que ella quería de verdad, ni mucho menos lo que soñaba.

A veces se enfadaba con ella misma. Roberto le había proporcionado todo su tiempo y su cariño, nunca había dejado de tener detalles a cada rato..., pero su ilusión de ser modelo nunca la había abandonado. Y a pesar de tenerlo todo, a ella le faltaba algo, quizá lo más importante, para sentirse feliz y realizada. Se pasaba los días soñando que se subía a una pasarela de Milán o París. Ni un solo día dejó de hacerlo. Porque los sueños que no persigues terminan persiguiéndote a ti.

Llamó a algunas puertas de la industria de la moda. Pero la dinámica de su vida en esa ciudad inmensa no le permitía concretar casi nada. Un par de anuncios, alguna valla publicitaria de un centro comercial... Muchas veces la llamaron para algún proyecto y tuvo que rechazarlo porque ya tenía algún compromiso con Roberto. Muchas muchas veces.

Él era un emprendedor brillante, viajaba mucho y quería hacerlo con ella. Pocos países o ciudades le quedaban por conocer. Descubrió monumentos, maravillas del mundo, la mejor gastronomía del planeta, se sentó a la mesa con grandes empresarios, diplomáticos, políticos, *socialités*, personas que ella solo había visto en revistas. Lo que quedaba de aquella muchachita tímida se fue del todo con tanta vida social, de aquí para allá. Y aprendió sobre vinos. Amaba especialmente viajar a Burdeos, en Francia. Le encantaba hablar con los sumilleres, pero también con los vinicultores. Se había dado cuenta de que era un oficio noble aparte de un negocio próspero y glamuroso, y además le recordaba un poco al cultivo de aceitunas, que sus padres conocían muy bien.

Al comienzo de su vida en México, Alma decidió poner su carrera en un segundo plano y apoyar la de él en cada paso que daba. «Ya tendré tiempo», se decía a sí misma. Pero el tiempo había pasado y es lo único que no regresa ni se recupera nunca. Tarde o temprano, su ilusión, sus ganas y sus metas profesionales la harían explotar por algún lado. Una pareja es un equipo unido, pero ambos han de cumplir sueños y sentirse completos individualmente.

Un día, de esos en los que se puso melancólica, revisó una cajita con recuerdos que se había llevado cinco años antes de España. Al abrirla, la vida le dio una bofetada en la cara. Ahí estaba la primera foto que había recortado cuando tenía apenas diez años y pudo comprar su primera revista de moda en un quiosco de Córdoba: la de Claudia Schiffer con su vestido dorado, su pelo brillante y su corona de hada, que guardaba como si fuera la estampita de un santo al que rezar. Junto a la foto de Claudia había algún recorte de periódico que había dejado constancia del primer desfile de Alma siendo casi una niña y una foto, con algunos años más, ya más profesional (pero una adolescente), cuando acababa de ganar Miss Toledo y posaba junto a sus padres, que tanto la apoyaron siempre para que fuese modelo. Aquellos recuerdos detonaron como una bomba dentro de ella. Y con todo el dolor del peso de la realidad pensó: «Es ahora o nunca, Alma. Sé valiente. Tienes que dar un paso hacia delante y luchar por tus sueños».

Su vida en México con Roberto había sido maravillosa, no se podía quejar de nada de lo que había vivido ni de lo que había aprendido a su lado. Habían construido una relación preciosa con un plan en común, pero ella había postergado demasiado su propio proyecto de vida, casi sin darse cuenta. Estaba a punto de cumplir veintiocho. Era la edad en la que muchas carreras de modelos empezaban a decaer, y la de ella aún no había despegado.

Durante esos cinco años había crecido mucho. Había aprendido más de lo que se hubiera imaginado de una relación. Había llegado muy enamorada —aún lo estaba—, pero nunca pudo olvidarse de esa niña de ocho años que se miraba al espejo al volver de la escuela después de un muy mal día, con los ojos tristes, angustiada por el acoso de sus compañeras, soñando con que saldría en las portadas de las mejores revistas de moda del mundo. ¿Se sentiría esa niña de Hornachuelos orgullosa de ella? Tal vez no. No había cumplido nada de lo que le había prometido. Y eso la hacía sentirse decepcionada... consigo misma.

Decidió hablar con Roberto, sabedora de sobra de cómo iba a terminar la conversación. Quizá escoger el 14 de febrero no fue la mejor elección, pero ella ya no podía esperar más. Necesitaba enfrentarse a ese diálogo incómodo. Y, en efecto, su temor se confirmó: si ella decidía ir tras sus sueños, ya no encajaba con la mujer que Roberto soñaba. Los dos tenían muy claras sus posturas.

Alma lo entendió, con dolor, pero decidió priorizarse y tomar las riendas de su vida, empezar de cero e ir a por lo que siempre soñó. ¡Qué valiente había que ser para dejar ir a alguien que amaba con todo su corazón y una vida perfecta a los ojos de cualquiera! Pero si ella no se sentía orgullosa y plena de quien era por sí misma, cualquier pareja y cualquier relación que tuviera sería siempre incompleta.

Estaba profundamente triste mientras hacía las maletas para dejar la casa que compartían. Él, oportunamente, se había despedido antes de un viaje de trabajo. Cuando volviera ya no la encontraría. Se sentía muy sola con esa ruptura. Extrañaría a un par de amigas de México, a

Ana y María, pero en realidad no había nada que la hiciera quedarse. Ana y María eran hermanas y fueron ellas las que más la motivaron para volver a luchar por su sueño. Alma iba entendiendo cada vez más la importancia de tener una red de apoyo y solidaridad entre mujeres, porque las parejas, como le había quedado claro, pueden romperse, pero las mujeres que se escuchan y se apoyan de una manera u otra siempre están ahí. Antes de marcharse, quedó con ellas.

—No puedo creer que te vayas —le dijo María con los ojos vidriosos.

—No pasa nada, María. Todo empieza y se acaba. Es parte de la vida. Yo voy a estar bien. Y nos vamos a ver pronto —le dijo Alma tratando de hacerse la fuerte.

—Sabemos que vas a estar bien. Pero qué difícil se nos va a hacer no verte cada semana para nuestro café y nuestras conversaciones profundas... —apuntó Ana.

—¿Las conversaciones en las que ponemos a estas marujas de Chanel del revés? —preguntó Alma con un guiño.

—¡Las marujas! —gritaron las dos hermanas al mismo tiempo, marcando mucho la jota en la pronunciación.

—Esas marujas van a tener tema de conversación gracias a mi ruptura durante los próximos dos meses. No lo quiero ni pensar —dijo Alma poniendo los ojos en blanco.

A menudo les había contado a sus amigas sobre las marujas de Hornachuelos, las que se hacían eco de los chismes y las críticas en su humilde pueblo en la sierra. Las hermanas también conocían a varias mujeres de sociedad que eran igualitas a Paqui, Jacinta y compañía, solo que vestían de Chanel y se ponían zapatos caros. Eso les hacía gracia. No importaba dónde viviese uno o en qué círculo social se moviese, en todas partes siempre estaba la maruja de turno.

—Y ¿qué vas a hacer? ¿Te vuelves a Madrid? —dijo Ana retomando la conversación.

—Si te vas a Madrid, nos vamos a ver muy poquito. Madrid no está ahí, a la vuelta de la esquina... La neta, es un viaje largo desde México —expresó María, apesadumbrada.

—Lo sé, pero quizá cuanta más distancia ponga de por medio y si mantengo contacto cero con él, más fácil me será olvidar y empezar de nuevo —suspiró Alma.

—Pero también puedes quedarte aquí en México. A ti te encanta el país, ¡ándale! Estás cómoda aquí. Y hay mucha gente que te quiere, aunque no lo creas —le señaló Ana.

—Pues ojalá donde sea que vayas puedas ser quien quieres ser y lograr tus sueños —continuó María—. ¡Mírate, güera! ¡Tú eres una top! —Y con un dejo de tristeza añadió—: Ya verás como ahora sí serás completamente feliz, en lo tuyo.

Ana miró a Alma y ambas entendieron rápidamente por qué María hablaba con tanta melancolía. María era una mujer espectacular, con unos ojos verdes gigantes que expresaban hasta lo que no quería que se supiera. Había sido actriz en Los Ángeles y en algún momento tuvo una prometedora carrera por delante. Pero en ese camino conoció a su marido, el mejor amigo y socio de Roberto, se enamoró de él y decidió dejarlo todo a un lado y «ser la mujer que él necesitaba». Alma había pensado mucho en eso y en cómo ella misma se convirtió sin darse cuenta en «la mujer que los demás necesitaban». Y se preguntaba: «¿Qué pasa con la mujer que nosotras necesitamos ser para alcanzar nuestra propia felicidad? ¿Vale menos y por eso hay que dejarla guardada?». Nunca lo había hablado con María, pero era evidente que, aunque aparentaba ser feliz en su matrimonio, aún tenía ese gusanillo de la interpretación dentro de ella y algún pesar por lo que quiso y había renunciado a ser.

—¿Sabes qué? —dijo Ana al ver a su hermana así—. Vete, Alma. Vete de aquí. ¡Que te quiero ver brillar! —le ordenó, tajante.

Hubo unos segundos de silencio en los que Alma estuvo dudando de su decisión.

—A ratos pienso si es una locura tirar todos estos años a la basura e ir tras un sueño que, aparentemente, solo veo yo. ¿No será demasiado tarde? ¿No estoy… vieja?

—No, ¡no! ¡Absolutamente no! Ya tomaste la decisión, no te eches atrás ahora —la aconsejó María firmemente—. ¡Y veintisiete años no es estar vieja!

—Eso quiero, pero no sé ni por dónde empezar —susurró Alma.

—Pues ¡por donde lo dejaste! Ya no hay nada que perder, amiga —dijo María.

—Estoy orgullosa de ti, corazón. Eres muy valiente. Y a los valientes siempre les va bien —sentenció Ana, le entregó un regalo de despedida—. Lo abres luego.

Alma las escuchaba con el corazón. Su vida tenía que seguir en otro sitio. Lo que no sabía es si era realmente una valiente, como decían Ana y María, o una loca de remate. Estaba muerta de miedo, pero estaba decidida.

Tenía la certeza, en su interior, de que, aunque ella se había querido olvidar de él, su sueño aguardaba paciente. Y ahora estaba lista para ir a buscarlo.

Después de esta conversación con sus buenas amigas mexicanas, estuvo dos horas al teléfono con Celina, desahogándose y prometiéndole que volvería pronto a España, cuando cerrase del todo este capítulo con Roberto. Era el momento de que lady Madrid regresara a su ciudad. A esa que era «más bonita que ninguna» y que «siempre te recibe con los brazos abiertos».

—Pues tú dime cuándo, tía. Te voy a buscar al aeropuerto, te quedas en mi piso y abrimos una botella de *prosecco*, de ese que da dolor de cabeza, para que no te dé tiempo ni a pensar. ¡Y menos de extrañarlo! —le dijo Celina.

Y sí, volver a su país, con los suyos, la emocionaba, pero regresaba sin haber logrado nada, tal y como se fue. Había madurado, había sido feliz, había crecido como persona, pero no había hecho nada por sus sueños. Se sentía totalmente fracasada. Demasiadas emociones enredadas que tenía que ordenar.

—Muero por volver a casa…, pero tal vez me tome unos días antes de regresar para ordenar un poco las ideas. Cuando tenga fecha, te llamo, Celi.

—Pues ¡tú llámame, que aquí estoy siempre! ¡Ya lo sabes! —le dijo ella con su característica alegría antes de colgar.

No sabía muy bien por qué le había dicho eso último. Quizá necesitaba un tiempo a solas para aclarar lo que quería hacer con su vida. Recordó algo que había leído acerca de los mapas de sueños. Se puso a buscar cómo hacer uno y emprendió ese pequeño proyecto. Allí, con las maletas a medio hacer, Alma recortó revistas y dibujó con rotuladores como una niña de preescolar para rearmar su proyecto de vida soñado. Cerró los ojos y escuchó a su corazón. ¿Qué quería ella ahora realmente? Recortó fotos del mar, con playas de arena blanca, de modelos rubias en trajes de baño dorados como las burbujas Freixenet que tanto le gustaban de pequeña..., pegó en ese tablero improvisado fotos de palmeras, de edificios de cristal, de las campañas de Gianni Versace... Y una idea brotó entre todo ese collage improvisado: Miami.

¡Eso! Iba a arriesgarse y hacer una parada de un par de días en Miami antes de volver a su amada España. Buscaría una agencia con la que pudiera trabajar por temporadas. Su idea era vivir en Madrid y, cuando la avisaran de algún *direct booking*, volar y quedarse durante los días que durase el trabajo en Estados Unidos. Tenía mucha fe en ella misma. Y mucha inocencia también. Si no le había sido fácil trabajar estando presente en una ciudad, imagínate a distancia. Pero ella quería intentarlo. ¿Por qué no? ¡Qué más daba ya! No tenía nada que perder. Y quedarse con las ganas nunca había estado en su ADN. El mundo era de los que se atrevían, había oído decir por ahí, y ella se iba a atrever con Miami, aunque nunca en su vida había estado en esa ciudad.

Se sentó un momento en el suelo, abrumada por todo lo que estaba pasando por su cabeza. Entonces se fijó en el regalo que le había hecho Ana y se dispuso a desenvolverlo. Era un libro. Se titulaba *Dios usa lápiz labial. Kabbalah para mujeres*, de Karen Berg. Sintió mucha curiosidad; había oído hablar de la cábala y le llamaba la atención, pero no sabía nada sobre el tema. Abrió el libro por una página cualquiera y leyó una frase al azar: «Los mayores desafíos te brindan los mejores regalos». «¡Qué oportuno!», pensó. Abrazó el libro y agradeció haber tenido la suerte de encontrar un pequeño grupo de amigas, mujeres increíbles que, desde diferentes ciudades del mundo, la empujaban a ser lo que siempre había soñado.

Un par de días después estaba lista para dejar el apartamento que compartió con Roberto. Mientras terminaba de cerrar la maleta que se llevaría a Miami con lo indispensable y dejaba las otras preparadas para que se las enviaran directamente a Madrid, una ola de nostalgia la invadió. Se puso a pensar en todo ese recorrido hermoso que habían sido los últimos años. Sintió agradecimiento por lo vivido, no tenía rencor hacia nada ni nadie, entendió que las personas eran un mundo mágico cada una y que crecían de forma diferente. Se iba sabiendo que no todas las retiradas son derrotas.

Tenía la certeza de que en algún rincón existía un amor con el que ella podría compartir la vida y al mismo tiempo ver realizadas sus ambiciones. Pero no podía evitar tener un poco de miedo. Si, con lo bonito que había sido y con lo mucho que se habían querido Roberto y ella, al final no había salido bien, ¿qué esperanza tenía de encontrar a otra persona con la que sí le saliera bien? Le vino a la cabeza el recuerdo de sus padres… Casados durante tantos años, su manera de quererse se había transformado, por no decir que se había desvanecido, pero ninguno de los dos se había atrevido nunca a poner fin a su matrimonio. ¿Era el amor así? ¿Sin finales felices como los cuentos? ¿Existía el amor bonito y comprometido para siempre? ¿O era todo un mito e inevitablemente se diluía en el camino? Con ese temor, que trataba de meterse en su cuerpo, encendió la televisión. Necesitaba algo de ruido que acallara su mente inquieta.

Por esa época, Televisa ponía en su programación nocturna vídeos musicales de artistas. Reconoció enseguida a David Bisbal en el vídeo. ¿Cómo olvidar esos años en los que veía entregada esa temporada de *Operación Triunfo* con su amiga? Había llovido mucho desde entonces. Allí estaba Bisbal, cantando con tres chicos más. La canción era de un cantante puertorriqueño guapísimo, de piel bronceada, pelo negro y ojos bonitos que salía cantando con él y que era el protagonista del vídeo. Alma nunca había oído nada de ese artista. No sabía quién era. Mientras vivía en México, se había desconectado un poco del ritual que le gustaba tanto de escuchar música nueva y hacer sus propias *playlists*. Solo escuchaba las canciones que le recordaban a Madrid y sus noches interminables, que le subían el ánimo cuando añoraba su país. Subió el volumen de la televisión y escuchó cada palabra de la canción. Se titulaba «Aquí estoy yo». La letra le llegó al corazón, la sumó a la *playlist* en su iPod, la puso en bucle y cerró los ojos. Ojalá algún día encontrase a alguien que le hablara así de bonito. Alguien que la abrazara y le diera fuerza y aliento para seguir su camino y la acompañara en su búsqueda. Que cerrara la puerta al dolor y que la cuidara..., que la invitara de nuevo a volar y a creer que el amor podía ser inagotable. Una persona, sobre todo, con quien echar raíces, crecer y conquistar el mundo. Deseó con todo el corazón que alguien así estuviera, en algún lugar del planeta, esperándola. Con ese anhelo, se quedó dormida. Fue su última noche en México.

Cuando aterrizó en Miami, con una lista de agencias que visitaría en persona y, eso sí, con muchas ganas para caminar de un lado a otro bajo el intenso sol de Florida, se dijo a sí misma, como en la canción: «Bueno, ¡aquí estoy yo!».

Miami, que era como varias ciudades en una, intimidaba, más a ella, que no hablaba ni una palabra de inglés. Se cogió una habitación en un hotel barato y, con su lista sacada de internet, se dispuso a recorrer las agencias, como si estuviera buscando un trabajo como camarera, como en las películas de Hollywood.

Se sentía bastante insegura, con un *book* viejo, un par de anuncios menores que había hecho en México y poco más que mostrar. Pero tenía toda la voluntad de intentarlo. Era un buen momento, el de los ángeles de Victoria's Secret, cuyo desfile anual justamente se celebraba en Miami. Alton Road estaba empapelado con pósteres de Gisele Bündchen, Alessandra Ambrosio y la checa Karolina Kurkova. Eran las top de aquel entonces.

En la década de los 2000 las modelos ya no eran solo modelos; también eran creativas y empresarias, y sus carreras no parecían acabarse cuando llegaban a los treinta años, como antes. Kate Moss se había convertido en la creadora de una línea de ropa para Topshop, una de las cadenas de *fast fashion* más importantes del Reino Unido, algo así como el Zara británico. Todo el mundo hablaba de los *reality shows* como *America's Next Top Model*, creado por Tyra Banks, y *Project Runway*, con la alemana Heidi Klum al frente, con los que Alma se había obsesionado en México. Los devoraba, episodio tras episodio y temporada tras temporada.

Tenía esperanza. La moda estaba cambiando, la vida útil de las modelos también, y quizá ella, cerca de los treinta, aún tenía alguna posibilidad. Así que emprendió la búsqueda con mucha ilusión. Había unas diez agencias en su lista. Recorrió Miami Beach de arriba abajo y de abajo arriba, con zapatos cómodos y gafas de sol. A ella no le molestaba el calor, le recordaba a los veranos en el sur de España. Se recargaba con esa luz. Paraba en algún Starbucks, se compraba un café americano grande con hielo y seguía, todo para completar su maratón.

Pero no fue tan fácil como Alma pensaba. Se había lanzado a la aventura sin miedo, pero, una a una, las agencias la fueron frenando de golpe. En unas le explicaron que tenía que tener cita previa y un *book* actualizado; en otras, que tenían a muchas modelos parecidas a ella; y en el resto le dijeron directamente que no era lo que buscaban. Querían a mujeres más altas, o más rubias, o más morenas... Nunca era del agrado de nadie. No solo la edad jugaba en su contra, Alma no hablaba inglés y carecía de visado para trabajar en Estados Unidos. Las agencias, si es que la querían, tenían que hacer mucho papeleo de abogados y «esponsorizarla» para demostrar que era una modelo importante y que merecía ser beneficiaria de un visado especial llamado O1 para trabajar en el país. Y nadie parecía querer tomarse el trabajo de hacerlo por ella.

Con los primeros rechazos no perdió el ánimo, pero al segundo día de búsqueda y a medida que iba tachando agencias de la lista, se sintió cada vez más insignificante y con la autoestima por los suelos. No era nada fácil recibir tantos rechazos en tan poquito tiempo. Cada puerta cerrada era un golpe en el estómago. Sintió que iba tras un imposible.

«¡Estrellita! ¡Se cree modelo! ¡Esta no va a llegar a nada en la vida! ¡Cutre miss Barbiechuelos!». Sí, las voces de sus acosadoras volvieron a su cabeza una de esas noches mientras intentaba conciliar el sueño en la habitación del hotel. Pese al tiempo transcurrido, todavía recordaba palabra por palabra lo que le decían y escribían en esas cartas tan desagradables que encontraba en su mochila cuando regresaba de la escuela.

Para el tercer día le quedaban solo un par de agencias que visitar por la mañana y una por la tarde antes de tomar el vuelo de regreso a Madrid. Alma estaba agotada y desconsolada, pero exprimiría hasta el último minuto de su estancia en Miami. Como era de esperar, en esas agencias también le dijeron que no. Excepto en la última…, en la última ni siquiera quisieron atenderla.

Así fue como acabó en la parte trasera de aquel taxi y estalló en lágrimas antes de que pudiera acabar de decirle al conductor que iba al aeropuerto. El hombre, por suerte, hablaba español.

—Señorita, ¿qué ocurre? ¿La puedo ayudar en algo? —le preguntó él mientras se daba la vuelta para entregarle una caja de pañuelos de papel.

Alma, como pudo, porque la desolación y el llanto casi no la dejaban hablar, le hizo un resumen de su historia. Él paró el taxi y la escuchó con atención. Nunca supo si fue su amabilidad, lo mucho que le recordaba a su padre —alto, bronceado y de pelo muy corto como él—, la Barbie que llevaba en el asiento de delante o aquello de la «milla extra», pero se llenó de valentía para volver a por una respuesta distinta en esa última oficina.

Caroline Gleason Management se llamaba la agencia. Caroline era la dueña, una mujer guapa de pelo negro, de origen iraní, con un carácter fuerte; se le notaba con solo verle la cara. Su esposo, Jack, fue quien le había abierto antes y se sorprendió cuando la vio otra vez por allí.

—*Did you... Hummm...* ¿Olvidaste algo? —le preguntó muy amablemente en spanglish.

Alma negó con la cabeza y le explicó, como pudo, que había regresado para hablar con la directora de la agencia. Él, paciente, le explicó de nuevo que no podía atenderla, que estaba en una reunión y no tenía tiempo. Alma le contestó en español muy seria, con actitud y sin vergüenza por primera vez en su vida:

—¡Me espero aquí! —Y se sentó en el sofá del recibidor sin mirar mucho a Jack, haciendo como si no entendiera nada de lo que él le estaba diciendo, que trataba de despacharla nuevamente.

Desde allí veía a quien suponía que era Caroline a través del cristal de la oficina. Se fijó en que en alguna que otra ocasión levantaba la vista y la miraba. Quizá se preguntaba qué hacía esa chica tan pesada esperando ahí, cuando ya le habían dicho dos veces que no la podían atender.

Pero el que se cansa pierde, y a Alma no le gustaba perder. Tenía toda la paciencia del mundo. Era su último cartucho. Esperó durante más de una hora sin moverse del sofá mientras todo el mundo en esa oficina la ignoraba. Miró su reloj. Ya había perdido su vuelo a Madrid. Cuando Caroline por fin accedió a atenderla, sorprendida de que hubiera tenido la persistencia de quedarse allí, Alma se presentó, pero esta vez no con su escueto *book*, sino con su corazón por delante. Trató de hacerse entender y le dijo que desde pequeña su sueño había sido ser modelo. Caroline la miró con los brazos cruzados. Seguro que había escuchado muchas veces esa historia, pero vio algo en Alma que era diferente al resto. Sin decir mucho más, sacó un traje de baño de un armario y se lo entregó.

—*Put it on and walk.*

Alma se puso el biquini y caminó, tal y como Caroline le dijo. No era Miss España, pero sabía que esa era la pasarela más importante de su vida. Era la pasarela de la «milla extra», como le había dicho el taxista.

Veinte minutos después, Alma estaba en la oficina de un abogado de inmigración, un piso más arriba en el mismo edificio de la agencia, firmando un contrato de *sponsoring* migratorio con Caroline Gleason Management.

En lo único que pensaba mientras firmaba todo el papeleo era que por fin tenía un contrato de modelo con una agencia americana y que tan solo tres horas antes lloraba en un taxi de camino al aeropuerto para coger un vuelo a Madrid. Su destino había cambiado en un segundo con esa decisión valiente que había tomado de regresar a esa agencia, plantarse en el sofá y decir: «Aquí estoy yo y no me voy sin lo que vine a buscar». Nunca iba a poder agradecerle lo suficiente su consejo a aquel taxista colombiano.

De la emoción, Alma no reparó en la diferencia horaria y los despertó.

—¡Papá!

—¿Qué pasó, mi niña? ¿Ya vienes? ¿Estás ya subiendo al avión?

—No, papá, ¡me quedo en Miami! ¡Voy a trabajar aquí como modelo!

Hubo un silencio de unos segundos al otro lado de la línea. Sabía que no se había cortado, porque podía escuchar su respiración.

—Viene la temporada de los desfiles de traje de baño aquí en Miami y quieren que me quede, piensan que me van a contratar las firmas más importantes. ¡Acabo de firmar un contrato para trabajar! —le dijo atropelladamente.

Otro gran silencio. Su padre no podía hablar. Alma oyó un suspiro de resignación y tristeza. Se preparaba para lo peor: convencer a sus padres de que era buena idea quedarse en un país sin hablar el idioma, sin conocer a nadie, sin tener papeles... y sola.

—Eh, pero... ¿no habías decidido ya venirte? ¿No era por pocos días? No entiendo mucho, pero está bien, hija —dijo Mariano con la voz entrecortada—. Ese ha sido tu sueño siempre. Quédate y lucha por él.

Alma respiró hondo. Él hizo una pausa y luego continuó hablando. También escuchaba a su madre, cuchicheando más bajito, junto a él.

—Solo recuerda que aquí están tus padres y siempre te estaremos esperando con los brazos abiertos. Y si las cosas no van bien, quiero que sepas que, mientras yo viva, a ti no te va a faltar nunca nada. Siempre puedes regresar a casa.

Fue una sorpresa que se lo tomaran de esa manera. Qué difícil tuvo que ser ese momento para sus padres, que ya estaban esperándola ansiosos, pensando que en unas horas Alma estaría, de nuevo, cerquita de ellos. Lloró durante un rato al colgar.

Sintió que había oído el corazón de su padre romperse en mil pedazos a través del teléfono. Sabía que él deseaba que triunfara, pero al mismo tiempo que volviese a España después de haber estado tan lejos durante los últimos cinco años. La felicidad también conllevaba alguna que otra píldora amarga que tragar. No sabía cuándo los volvería a ver ahora que se iba a quedar durante un tiempo en Estados Unidos.

12
La chica de ayer

A través de su amiga María, que tenía algún contacto en Miami, Alma logró alquilar un *loft* pequeño, ya amueblado, en una zona cercana a la agencia y pudo dejar el hotel barato en el que se había hospedado los primeros días en la ciudad. Se mudó el mismo día en que la televisión anunciaba la muerte de Michael Jackson.

Fueron meses de trabajo intenso y sin descanso. A Alma le hizo bien, porque la ayudó a dejar atrás la ruptura. No tenía tiempo ni para pensar en ello. Caroline Gleason Management puso a Alma en el mapa de los editoriales de trajes de baño y hacía un *shooting* tras otro, sin parar ni un solo momento. Ella estaba feliz y muy comprometida con la agencia que le había esponsorizado para su visado de trabajo.

Caroline y su esposo, Jack, la invitaban a comer los fines de semana en los que estaba libre para que no se sintiera sola. Para ellos no solo era una modelo, sino que le habían cogido mucho cariño. Alma aprovechó toda esa estancia para aprender inglés también.

Pasó la Swim Week de Miami, y cuando Alma apenas estaba recuperándose de aquella maratón de trabajo, Caroline llegó con la noticia de que había aparecido en una reseña en una revista americana como la modelo más importante de la temporada. «Meet Alma López», así se titulaba el artículo, que incluía un retrato de ella con el cabello rubio muy abultado y un espectacular bañador negro, caracterizada prácticamente como una Barbie.

Alma no daba crédito. Tan solo unos meses atrás estaba en otro lugar completamente distinto, creyendo que ya no habría oportunidades para ella. Llamó a Celina para compartir la noticia con ella. Su mejor amiga le prometió que pronto lo celebrarían juntas, como en los viejos tiempos.

—¡Yo nunca dudé de ti! ¡Sabía que lograrías algo grande! —gritó tan fuerte que tuvo que separarse el teléfono de la oreja por un momento.

Sabiendo que su amiga llegaría pronto, tal y como habían acordado, y que en su piso no tenía ni siquiera una antena para sintonizar canales de televisión, se fue a comprar algunos DVD para ponerlos y al menos tener algo que amenizara su estancia. Uno de esos DVD que compró era de un concierto del artista que había visto por la televisión en México, el que cantaba con Bisbal. No podía sacárselo de la cabeza. Ese chico que tanto le había gustado se le había metido directo en el corazón.

—¡Ya vale, tía! Que lo hemos escuchado en bucle durante más de dos horas… ¡Qué cansina! ¡Eres una pesada! —le dijo Celina pausando el reproductor de DVD, un par de semanas después, cuando la fue a visitar.

Alma estaba feliz de que Celina estuviera viviendo su sueño cerca de ella, allí en Miami. Habían llorado de emoción al verse. Durante sus años en México la había visitado varias veces, pero en este momento, juntas y solteras de nuevo, era como en «los viejos tiempos».

Claro, ya no se iban de fiesta cerrando los locales todos los días como cuando vivían en Madrid; ahora Alma tenía que despertarse temprano y sin ojeras para poder estar presentable en los castings. Pero disfrutaron juntas a tope los días que Alma tenía libres, bailando «I Gotta Feeling», de Black Eyed Peas, y «I Know You Want Me», de Pitbull, en las discotecas de moda de South Beach. Otras veces se quedaban en casa, se ponían los pijamas, compraban una botella de vino, cocinaban algo rápido, y ahí se pasaban horas y horas, sentadas en el sofá, hablando, recordando y poniéndose al día o volviendo una y otra vez a aquellos viejos tiempos en los que no paraban por Madrid.

—¿Te acuerdas del pringaíllo ese que te gustaba, el que era chef? —recordó Alma.

—El que creía que era un chef. Yo pienso que no sabía ni freír un huevo —recordó Celina con su chispa habitual.

—¡No tenemos pruebas, pero tampoco dudas, de que todo era un cuento chino! —dijo Alma con una carcajada.

—Y... ¿te acuerdas del día que fuimos al garito ese de Velázquez y nos encontramos a Beckham de frente? ¿Así? —contaba Celina poniéndose la mano frente a ella para simular.

—¡Síííí! ¡Qué fuerte, tía! ¡Nos quedamos pasmadas! En esa época acababa de llegar a Madrid, ¿no?

—Sí, sí..., ¡qué majo que es! —suspiró Celi.
—Es que como Madrid no hay nada —dijo Alma, melancólica, dejando claro una vez más su eterno amor por esa ciudad.
—Sí, tía, esa época fue inolvidable... Y encima a nosotras dos nos pasaba de todo.
—¡De todooo!
—Imagínate que el otro día me encontré con Ángel...
—¿Qué Ángel? —preguntó Alma, extrañada.
—Ángel, el que me llamaba «esponjita» en Serrano. ¿Te acuerdas de que me enfadé muchísimo con él?
—¡No te creo! ¿Lo volviste a ver? ¡Qué vueltas da la vida! ¿Y cómo está?
—Pues... está guapísimo.
Alma conocía muy bien la mirada de su amiga cuando alguien le gustaba.
—No me mires así —dijo Celi entre risas—. Hemos quedado para dar una vuelta en cuanto regrese a Madrid.
—¿Quééé? Me vas contando todo desde el minuto cero.
—Que sí, pesada, que sí...
—Él era superbuén chico... —Alma guiñó el ojo a su amiga.
—Para, tía, para..., no me voy a casar con él ni nada parecido, ¿eh? Que solo vamos a tomar una copa y ya está.
—Nunca se sabe, amiga..., nunca se sabe.
Y es que Alma no podía imaginarse en ese momento, y Celina mucho menos, que Ángel, el que diez años atrás le arruinó la cita con un chico que nada se parecía

a ella, volvería para convertirse en el hombre de su vida, con quien acabaría casándose y formando la familia más bonita del mundo solo un par de años después de esa conversación de medianoche en Miami.

Las amigas iban casi a diario a Collins Avenue para tomar el sol en la playa y aprovechaban para pasar por la puerta de la mansión Versace, que seguía intacta tras el asesinato de Gianni, el diseñador favorito de Alma. Disfrutaban y recorrían South Beach de arriba abajo. La inmensa Miami se les quedó pequeña a estas dos *partners in crime*.

Con el siguiente gran logro de Alma, cuando pudo verse en la portada de *Ocean Drive*, una revista top de Estados Unidos, enloquecieron. Llamaron a todos los amigos en España; Alma incluyó a Javier, que de vez en cuando le escribía para contarle novedades de Toledo. Subieron la foto de portada al perfil de Facebook y luego Celina cargó con media maleta llena de revistas para regalárselas a todos de vuelta en casa, y, por supuesto, para hacerles llegar una a los padres de Alma.

—¡Es que debería empapelar Madrid con tu foto! —gritaba Celina.

—¡Exagerada! —respondía Alma.

—De exagerada nada. Que todo esto lo has conseguido solita y hay que contarlo y celebrarlo.

—Todo está pasando muy rápido, Celi. ¡No me lo creo! —le dijo ella llevándose las manos a la cabeza.

—Pues créetelo, que te lo has ganado a pulso. Tú no eres lady Madrid, Madrid se te quedó chico..., ¡tú eres lady Miami, lady Milán, lady París! ¡Lo vas a conquistar todo, tía! Y yo estoy muy pero que muy orgullosa de ti —le dijo abrazándola muy fuerte.

Llegó la despedida. Celina tenía que regresar a Madrid, pero habían sido unos días felices e intensos. «¡El mundo es tuyo!», le dijo. Vio cómo su mejor amiga se alejaba con su maleta mientras sonaban en su cabeza todas las canciones que habían cantado juntas. Todavía le quedaban muchas ciudades, muchas pasarelas y muchos miedos por conquistar, pero seguía dando pasos hacia delante sin ningún tipo de duda.

A la portada de *Ocean Drive* le siguió otra y más anuncios, editoriales de moda en *Elle* y en *Glamour*, y, finalmente, la contraportada de *Sports Illustrated* junto con otro grupo de modelos top de diferentes nacionalidades. Alma sintió que era su consagración como modelo. Todo en el mismo año que había llegado a Miami.

No tenía tiempo de que nada se le subiera a la cabeza, porque en realidad no sentía que hubiese «conquistado» nada aún, y además tenía claro que en el mundo de la moda todo era efímero: un día estás arriba y al siguiente no te escogen en ningún casting. Lo que sí sabía es que iba encaminada.

En la ciudad se celebraban muchas fiestas, cenas y eventos a los que la invitaban, pero a los que rara vez asistía. No tenía muchas amigas en Miami aún y no le apetecía acudir sola a esos lugares. Sí se animó a una fiesta organizada por *Sports Illustrated* para celebrar una edición especial de la revista. Un par de chicas se le acercaron a pedirle una foto y Alma no supo cómo reaccionar. «Espera... —dijo para sí misma—. ¿Soy famosa? ¿Yo? —Y se rio para sus adentros—. Seguro que me han confundido con otra», pensó. Al fin y al cabo el look de rubia bronceada era muy común en Miami, y en esa revista más.

Alma seguía viéndose como la chica que estudiaba para modelo en una academia de Córdoba, pero tal vez esas jóvenes la veían a ella como lo que algún día querrían ser, como le había sucedido a ella con las chicas que atravesaban la plaza de las Tendillas o con sus ídolos en televisión. Aunque persistía algo de su timidez de siempre, trataba de que aquello no fuera interpretado como antipatía cuando la gente se le acercaba.

Unos meses después, la música y la moda, sus dos pasiones, harían que se encontrara con él. Ese chico al que vio cantar con Bisbal y cuyas canciones sonaban sin parar en su cabeza y en su reproductor entró a hacer un *photoshoot* en el mismo estudio en el que Alma finalizaba un editorial. Se cruzaron casi en la puerta, cuando Alma estaba a punto de marcharse. Él la miró y le ofreció la sonrisa más bonita del mundo. Ella, tímida, se puso nerviosa y bajó la mirada. Pero la magia de la vida estaba a punto de hacer lo suyo.

Tan pronto como su estatus migratorio se lo permitió, Alma viajó a España para visitar a sus padres, que habían vuelto al pueblo. Estaba nerviosa, como si fuera a ver a un viejo amor que la había herido, y no sabía si era emoción lo que sentía o rencor.

Alma se reencontró con Hornachuelos por primera vez desde que a los quince años se marchó de allí. Volvió al mismo lugar rodeado de olivos y encinas, iluminado por la luz preciosa de la sierra y perfumado por las diamelas y los naranjales. Bajó la escalera para entrar en la casa en la que había crecido, esas mismas escalinatas en las que había pasado horas jugando con sus muñecas mientras su madre echaba el fresco con las vecinas y miraban la vida pasar. Definitivamente, allí el mundo giraba a una velocidad muy distinta a la de la ciudad que ahora era su hogar, Miami.

El aire de ese pueblito era limpio y puro. Podía oler la hierba, la tierra recién regada, hasta los guisos de puchero casero cuyo olor se escapaba por las ventanas de las casas. Caminó lentamente, entró en casa y el aroma inconfundible de sus padres también estaba allí. Olía a hogar; su madre le había hecho la comida que le gustaba: sobre la mesa había tortilla, croquetas, chorizo, pan recién horneado del pueblo y cerveza fría del sur.

En una de las mesitas de la sala estaban las fotos de su infancia y sus fotos de modelo ordenadas cronológicamente: desde el primer desfile en un centro comercial, las de Miss Talavera de la Reina, Miss Toledo y Miss España hasta las portadas de Miami. Formaban una suerte de línea del tiempo.

Su padre la esperaba con un ramo de girasoles gigantes que él mismo había cortado en el campo. Nada había cambiado mucho allí. Juntos vieron *Pasapalabra* y su madre le cepilló el pelo esa noche con calma y mucho amor, como hacía siempre cuando era pequeña antes de irse a dormir.

Se sintió en casa.

El domingo, un día típico en el que las familias salían a pasear, Alma animó a sus padres para ir hasta Córdoba capital. Quería invitarlos a comer a un restaurante al que siempre había querido ir, pero que antes no podía pagar. Mientras saboreaba el salmorejo y las berenjenas con miel, Alma agradeció a la vida la oportunidad de volver al hogar y poder consentir a sus padres como ellos tantas veces lo habían hecho con ella. Ellos habían puesto siempre la felicidad de su hija por delante de la suya. Y ella lo sabía. Quiso aprovechar la ocasión para darles las gracias por haber permanecido siempre a su lado y haber confiado en ella. Le habían hecho sentir que, pasara lo que pasase, la esperarían con los brazos abiertos. Estaba agradecida, sobre todo, porque la dejaron volar solita para cumplir sus sueños, por muy doloroso que fuera para ellos.

En aquella comida se les escaparon algunas lágrimas. Su padre se tapó la cara en alguna ocasión porque no le gustaba que lo viesen llorar. Su madre la miraba con sus ojitos verdes llenos de orgullo y amor. Al final, tan solo era eso lo que Alma necesitaba en la vida.

Después de comer, fueron a la plaza de las Tendillas para escuchar los acordes de guitarra del reloj. Allí, en esa misma plaza y frente a ese mismo reloj, había comenzado todo muchos años atrás.

De vuelta en Hornachuelos, recorrieron juntos las calles por las que había caminado durante su infancia y adolescencia mientras escuchaba canciones en su cabeza. Fotos Molina ya no estaba, era de las pocas esquinas que encontró distinta. Le dio tristeza, pensó que la memoria fotográfica de los melojos, aquella vitrina que parecía homenajear a las mujeres anónimas de su pueblo, se había perdido. Las bodas, comuniones y romerías de muchas décadas que quedaban inmortalizadas en aquel escaparate probablemente serían olvidadas para siempre.

Trató de aprovechar esos días lo máximo que pudo porque no sabía cuándo regresaría. Una mañana, su madre quiso que la acompañara a comprar el pan. A Alma le pareció que en realidad lo que quería era presumir de hija. A Ángeles, que había estado tan solita durante los últimos años, se le iluminaba la cara cuando se cruzaba con alguna vecina y le decía:

—Mira, aquí está mi hija conmigo, que ha venido desde Miami.

Muchos ojos la observaban al pasar. Algunos no la reconocieron y otros se sorprendieron de verla de nuevo por allí. Una de esas tardes sentadas al fresco en la puerta de su casa vio pasar a una de las Emes. Martirio, ya con sus treinta años, venía conversando con otra mujer mientras le gritaba a un niño que corría delante de ella y que parecía no hacerle caso. No podía creer que la vida le estuviese dando la oportunidad de mirarla a la cara de nuevo. Martirio la vio y rápidamente giró la cabeza hacia otro lado, disimulando. Alma no pudo dejar de contemplarla mientras se alejaba. Recordó muchas cosas que esa mujer, antes niña, le había hecho. Y pensó: «Si yo recuerdo lo que me hizo, ella también». Le dio tiempo a analizarla de pies a cabeza. Observó su peinado, su cara, su mirada, su ropa, su forma de caminar, incluso cómo gesticulaba mientras hablaba…, y no sintió miedo ni resentimiento ni dolor…, sino pena y compasión. Esa chica, que había sido tan protagonista en su vida cuando solo era una niña, se había convertido en una de esas mujeres que el tiempo, cruelmente, se había encargado de hacer invisible.

Aunque el miedo y las inseguridades que tuvo desde que era una cría se empeñaban en regresar a ella de vez en cuando, Alma se dio cuenta de que había sanado. Estaba curada. La angustia había desaparecido. Lo que antes era una montaña llena de dolor ahora era un valle lleno de aprendizaje. Y esa misma tarde se atrevió a salir de casa de sus padres sola. Y tuvo el valor de volver a caminar por aquellos sitios que tanto había temido cuando era pequeña.

Paseó por esas calles empedradas con paredes encaladas llenas de macetas de geranios y claveles de colores. Esas calles que la habían visto crecer y donde osó soñar por primera vez, desoyendo las voces que le gritaban que su sueño era demasiado ambicioso y demasiado remoto para lograrlo. Esas mismas calles por las que antes caminaba deprisa, llenas de recovecos que le servían de escondite cuando se sentía vulnerable.

Ahora caminaba despacio mientras recordaba a esa chica en todas sus fases. El coraje de esa niña que se dormía llorando cada noche y cada día llegaba a la escuela muerta de miedo. La confusión de esa adolescente en Madrid cuando sus sueños no se cumplían y todo parecía ir en su contra. La fuerza de esa mujer que vio cómo, después de cinco años de noviazgo, sus planes se rompían en mil pedazos, pero supo reconstruirse para empezar de nuevo y volver a amar. La mujer que se encontró sola en un país gigante con todas las puertas cerradas, pero siguió tocándolas igualmente hasta que una se abrió para ella.

Quizá lo más difícil de todo fue dejar a sus padres y a sus amigos atrás, perder ese tiempo valioso con ellos por perseguir un sueño que poca gente entendía pero que ella terminó alcanzando. Había sido difícil, a veces desesperanzador; sin embargo, Alma había aprendido que, cuando una mujer es valiente y trabaja con certeza, amor y tesón por lo que ansía, la vida le regala magia.

Se detuvo en seco al reconocer la tiendecita de juguetes donde los Reyes Magos le consiguieron su Barbie Superstar. Vio su reflejo en el escaparate y en su mirada reconoció a la niña de ocho años que corría hasta allí para quedarse mirando la muñeca y soñaba con tenerla en la mano algún día.

—*Mademoiselle, nous sommes arrivés.*
Alma abrió los ojos. El conductor le indicó que habían llegado a su hotel. Allí, en la puerta principal del Plaza Athénée, la esperaba Celina, que la acompañaba en cada aventura. «En las buenas y en las malas», se dijeron alguna vez, y así había sido. Estaba tratando de poner orden entre los fotógrafos que aguardaban junto a un par de periodistas de moda que querían hacerle unas entrevistas. Alma no pudo sino sonreír al ver la escena.

Se bajó del coche. Sintió el aire caliente del verano de París y el sol, más dorado que nunca, reflejándose en los majestuosos edificios de mármol con cúpulas de bronce. Ese mismo sol al que siempre miraba mientras soñaba en silencio ahora brillaba para ella con la intensidad de un sueño que se había hecho realidad. Los parisinos se paraban a mirarla, como preguntándose quién sería esa mujer a la que los fotógrafos le pedían una foto más. Le daba un poco de vergüenza. Se dio cuenta de que esa niña tímida de Hornachuelos se quedaría dentro de ella para siempre, pero, ahora sí, viviría orgullosa. Porque Alma ya no era la chica de ayer. Se había convertido en la mujer que siempre soñó ser.

Agradecimientos

A mi esposo, mi amor, mi equipo, mi amigo, qué suerte la mía haber coincidido en esta vida contigo. En la próxima quiero volver a encontrarte.

A mis padres, por su lucha diaria con la vida para darme todo cuando no tenían nada. Doy gracias por tanto amor.

A Celina, mi hermana del alma, ¿qué haría yo sin ti?

A mis mentores, Yigal y Rivka Kutnovsky, por empujarme siempre, con mucho amor, a ser la mejor versión de mí.

A Dios siempre, por darme esta oportunidad de compartir mi historia. Todo lo que hoy soy es gracias a Él.

«Para viajar lejos no hay mejor nave que un libro».
EMILY DICKINSON

Gracias por tu lectura de este libro.

En **penguinlibros.club** encontrarás las mejores recomendaciones de lectura.

Únete a nuestra comunidad y viaja con nosotros.

penguinlibros.club

Penguin Random House Grupo Editorial

 penguinlibros